그것의 존재를 알아차리는 순간

일상을 만든 테크놀로지

최형섭

과학기술사 연구자. 문과로 가라는 담임 선생님의 조언을 무시하고 '사이언스 키드'를 꿈꾸며 공과대학에 진학했다. 대학을 다니면서 여러 관심사를 전전하다 끊임없이 변화하는 기술을 역사적인 관점으로 바라볼 수도 있다는 점에 매력을 느끼고 과학기술사라는 학문 분야에 정착했다. 우여곡절 끝에 존스홉킨스 대학에서 과학기술사 연구로 박사학위를 받은 후, 현재 서울과학기술대학교 기초교육학부 교수로 있다. 최근에는 한국 현대사 속의 과학과 기술의 모습에 관심을 갖고 연구 중이다. 테크놀로지라는 창을 통해 한국과 동아시아 현대사를 새롭게 이해할 수 있다고 믿는다.

2019년 「정원 속의 수입기술: 경운기와 한국 농업 근대화」로 26회 한국과학사학회 논문상을 받았다. 역서로 『아메리칸 프로메테우스』, 『처형당한 엔지니어의 유령』, 공저로 『한국 테크노컬처 연대기』 등이 있다. 과학비평잡지 『에피』 창간 이래 지금까지 편집위원으로 참여하고 있다.

그것의 존재를 알아차리는 순간

일상을 만든 테크놀로지

최형섭

 이음

차례

7 **들어가며** 나, 혹은 화면 속 푸른 점 하나

PART 1 당신이 그것의 존재를 알아차리는 순간

18 **마스크** 각자도생의 테크놀로지를 넘어

26 **담배** 담배꽁초는 인류세를 가르는 중요한 표지

35 **우유** 조국 근대화의 일등 공신, 식습관의 테크놀로지

42 **라면** 근대의 영양식에서 대중 소비문화로

49 **전기밥솥** 코끼리표 밥통을 대체한 국산 밥통의 역사

58 **컴퓨터** 정보화 시대의 대차대조표

PART 2 도시는 무엇으로 구성되어 있나

66 **에어컨** 공기로 삶이 나뉘다

73 **전력망** 콘센트 너머 보이지 않는 노동들

81 **수돗물** 언제나 불완전한 인프라

87 **아파트** 절대로 실패하지 않겠다는 호모 아파트쿠스의 꿈

96 **마천루** 욕망의 시대가 낳은 숭고미

104 **터널** 서울 출퇴근 전쟁의 기원

113 **지하철** 팽창하고 확장되고 쪼개지는 시간들

PART 3 **혁명의 시간, 사회의 변곡점**

122 **'모델T'와 대량생산 시대** 일하고, 일하고, 차를 사라

129 **라디오가 묶어준 한국** 한국인이라는 감각은 어떻게 만들어졌나

136 **반도체와 진공관의 평행우주** 왜 어떤 테크놀로지는 밀려나지 않는가

143 **무선호출기가 만들어낸 사회 변동** 의사들이 여전히 '삐삐'를 쓰는 이유

151 **생필품이 된 스마트폰** 누가 빅데이터를 말하는가

160 **바둑판을 뒤집은 인공지능** 인간은 끝내 기술에 패배할 것인가

PART 4 **발전의 담론이 말하지 않은 것**

168 **원자폭탄 개발** 절멸의 테크놀로지가 왜 필요한가

176 **성수대교 붕괴** 고도성장 신화를 깨뜨린 거대한 실패

183 **챌린저호 폭발** 위험한 것은, 위험을 수용하는 사회적 합의

190 **후쿠시마 원전 사고** 과학 정책은 무엇을 향해야 하는가

197 **세월호 침몰** 전문가의 사회적 책무는 무엇인가

PART 5 **어떻게 쓸 것인가, 어떻게 살 것인가**

204 **테크놀로지와 인간의 노동** 누가 권력을 갖고, 누가 직업을 뺏길 것인가

212 **브레이크 없는 유전공학** 생명을 편집해도 되는가

220 **태양 에너지라는 아이러니한 대안** 테크놀로지로 해결할 수 없는 것

227 **전기자동차의 역사** 새로운 테크놀로지와 대안적 교통 시스템

234 **백신과 건강의 시스템** 건강은 개인의 문제가 아니다

241 **팬데믹의 테크놀로지** 연결과 차단의 이중주

249 **나가며** 사물들이 만드는 현대적 삶의 풍경

256 **참고 문헌**

들어가며

나, 혹은 화면 속 푸른 점 하나

몇 년 전 미국 출장 중에 있었던 일이다. 차를 빌려 펜실베이니아주 피츠버그를 출발해 뉴욕주 로체스터로 가는 여정이었다. 렌터카 업체에서 GPS 장비를 빌리겠냐고 물어봤지만 거절했다. '주머니 속에 스마트폰이 있는데 무슨 걱정이람?' 나는 자신만만하게 차를 몰아 북쪽으로 향했다. 스마트폰 화면 속의 푸른 점이 바로 내 위치였다. 차창 밖 풍경이 휙휙 지나가자 화면 속 지도 역시 그에 맞춰 이동했다. 간단한 형태의 증강현실(augmented reality, AR) 기술이다. 화면에는 다음 갈림길까지의 거리와 회전 방향, 최종 목적지에 도착할 예상 시각 등이 표시되어 있었다. 스마트폰의 지도 기능 덕분에 머나먼 이국땅에서도 나의 존재를 확인받을 수 있었다.

GPS 신호가 끊기는 순간,
존재의 위기가 찾아왔다

여유롭게 운전하던 중 갑자기 위기가 찾아왔다. 앨러게니 국유림을 지나기 시작할 무렵이었다. 지리산 국립 공원 면적의 4.5배가 넘는 거대한 숲 속으로 들어가자 스마트폰 신호가 점점 약해지더니 급기야 "서비스 안 됨" 메시지가 떴다. 스마트폰으로 들어오는 정보의 흐름이 끊기자 화면 속 지도가 사라지기 시작했다. 푸른 점은 위도와 경도의 격자무늬만 남은 회색 화면 속을 둥둥 떠다니고 있었다. 머릿속이 아득했다. '이대로 배터리가 방전되면 어떡하지? 다음 갈림길에서 길을 잘못 들면 도착 시간이 한참 지연될 텐데…' 온갖 복잡한 생각이 뇌리를 스쳐갔다. 어디쯤 가고 있는지 가늠하지 못하는 상태가 지속되자 불안한 마음이 스멀스멀 피어올랐다.

인적이 드문 빽빽한 숲 속에서 문명과 나를 연결해주는 것은 희미한 GPS 신호뿐이었다. 이 신호는 지구로부터 20,200킬로미터 떨어진 우주 공간을 맴도는 24대의 인공위성에 힘입은 것이다. 스마트폰에 내장된 GPS 수신기는 이들 중 가장 가까운 4대와 신호를 주고받으며 그 편차를 이용해 나의 위치를 계산해낸다. 화면의 배경을 이루는 지도 정보는 통신사의 데이터망을 통해 전달된다. 휴대전화 기지국이 많은 서울 시내를 다닐 때는 걱정할 필요가 없었지만, 수십 킬로미터를 달려도 사람의 흔적을 찾아볼 수 없는 지역에서는 문제가 발생했다. 지구 궤도를 도는 인공위성은 나의 (보다 정확하게는 내 스마트폰의) 위도와 경도를 알고 있었지만, 정작 나는 내가 어디에 있는지 알지 못하는 역설적인 상황이었다. 그 순간 '나'라는 존재를 이 세상과 연결해주는 기술적 인프라에 대해 생각하게 되었다.

**테크놀로지를 통해
본다는 것은
세계의 연결을 확인하는 일**

우리는 항상 수많은 기술적 산물에 둘러싸여 살아가고 있다. 아침에 일어나 처음 하는 행위부터 밤에 잠들기 직전의 마지막 행위까지 기술과 연관되지 않은 것이 단 하나라도 있는지 생각해보자. 각종 통신망을 통해 전달되는 뉴스를 보고 듣고, 큰 식품 공장의 거대한 기계에서 생산된 후 교통 인프라를 거쳐 유통된 음식을 먹으며, 신용카드나 ○○페이 등 정보의 형태로만 존재하는 화폐에 의존해 경제 활동을 한다. 나를 둘러싼 크고 작은 공동체는 스마트폰 메신저 앱의 '단톡방'을 통해 유지된다.

이렇게 보면 21세기 초 현재 기술의 의미는 인간의 삶을 편리하게 해주는 것을 넘어섰다. 삶 자체가 각종 테크놀로지로 직조(織造)되어 있다고 해도 과언이 아니다. 즉 우리의 삶을 돌아보기 위해서는 복잡하게 얽혀 있는 물질문명의 씨줄과 날줄을 하나씩 풀어헤쳐 검토해볼 필요가 있다.

이 책에서는 우리의 일상생활을 둘러싼 기술적 산물들의 연결망을 다양한 관점에서 살펴볼 것이다. 기술사학자 토머스 휴스(Thomas P. Hughes, 1923~2014)가 보여주었듯이 현대사회의 기술이 고립된 형태로 존재하는 경우는 극히 드물다. 그는 미국, 영국, 독일의 전력망을 분석해 소비자들이 경험하는 전기 조명이 가능하기 위해서는 그 배후에 여러 송·배전과 발전용 장치들이 필요하다고 지적했다. 이 전력망은 기계 장치만으로 구성되는 것이 아니다. 복잡한 기계 장치들의 총합을 만들어내고, 관리하며, 유지·보수하는 전문가 집단의 노동도 중요한 요소 중 하나다. 이는 전력망을 '사회-기술'의 복합체로 바라보는 관점이다.

전력망이라는 거대 기술 시스템뿐 아니라 비교적 단순한 기술에도 이러한 관점을 적용할 수 있다. 예를 들어 주변에 흔한 종이컵을 생각해보자. 종이컵은 단순한 사물이지만 그 배후에는 상당한 규모의 종이컵 제조 공장과 제지 공장이 있다. 원료는 펄프, 즉 나무에서 온다. 원료를 수입하는 경우라면 펄프나 목재가 대형 컨테이너선에 실려 왔을 것이다. 이렇게, 종이컵 하나를 통해서도 세계 교역 시장의 연결망을 조망해볼 수 있다. 게다가 종이컵은 일반적으로 물을 따라 마시는 등 다른 기술과 관계없이 독립적인 형태로 이용되는 예도 있지만, 때로는 커피 자동판매기에 투입되어 그 일부로 활용되기도 한다.

이렇듯 테크놀로지는 한편으로는 서로 연관을 맺고, 다른 한편으로는 인간 사회와 연결되어 존재한다. 테크놀로지를 통해 세상을 본다는 것은 개별 사물의 배후에 존재하는 사물들의 연결망과 그것을 작동하게 하는 인간의 노동에 관심을 기울이는 일이다. 나아가 우리를 둘러싼 물질문명의 계보를 탐색함으로써 결국 내가 누구인지, 내가 속해 있는 크고 작은 공동체나 국가란 무엇인지, 최종적으로는 인류란 무엇인지를 묻는 일까지 향해 갈 수 있다.

현대적 삶과 인간 중심 문명은
어디쯤 왔을까

이 책에서는 시간의 긴 흐름 속에서 테크놀로지의 과거와 현재, 미래를 차근차근 탐색해나가려 한다. 우리의 삶 속에는 단순한 기술과 복잡한 기술, 작은 기술과 큰 기술, 오래된 기술과 최신의 기술, 국산 기술과 도입 기술이 뒤섞여 여러 층으로 엮여 있다. 때로는 역사적인 접근이 유용하다. 이 물건은 어디에서 왔는가, 라는 질문은 현재의 맥락이 과거의 그것과 얼마나 달라졌는지를 가늠할 수 있는 유용한 창이 된다. 반대로 테크놀로지의 미래에 대한 담론(예를 들어 4차 산업혁명이나 스마트 모빌리티)을 검토해보면 현재 우리가 어떤 문제에 맞닥뜨리고 있고, 어떤 방식으로 그 문제를 해결하고자 하는지를 이해할 수 있다.

우리가 공기(空氣)처럼 당연하게 받아들이고 있는 기술에 대해서는, 그것을 구현하기 위해 얼마나 많은 노력이 필요한지 뒤집어볼 필요가 있다. 1990년대 이후 한국 사회에서 일어난 각종 기술적 재난 사건들은 그러한 노력이 부족했을 때 우리를 둘러싼 사물들이 인간을 배신할 수 있다는 점을 아프게 보여준다.

즉, 이 책은 사물들의 과거와 현재, 그리고 미래를 오가며 인류 문명의 자리를 검토하는 작업이다. 이 책에서 나는 과학기술사 분야에서는 조금 생소한 서술 방법을 시도했다. 1970년대 중반 서울의 중산층 가정에서 태어나 지금까지 살아온 나 자신을 탐침(探針)으로 삼아, 1980년대 이후부터 현재까지의 경험과 연관해 한국 사회를 구성해온 기술의 풍경의 한 단면을 포착하려 했다. 이는 인류학의 연구 방법인 '자기민속지(autoethnography)'의 초보적 형태라고 볼 수도 있을 것이다. 이를 통해 나와 내 세대가 특정 시점에 '겪은' 테크놀로지가 어떤 과정을 거쳐 그 자리에 놓이게 되었는지를 좀 더 면밀하게 들여다볼 수 있었다. 이는 한 개인의 사적 경험을 객관화하는 방법인 동시에, 한국인의 경험이 주변 나라들과 역사적으로 끊임없이 교류하며 형성되었음을 알려주는 관점이다.

또한 과학기술사 자체가 주류 테크놀로지를 중심으로 한 '대문자 역사'로 쓰인 데 대한 비판 의식도 이 방법으로 조금이나마 담아내려고 했다. 기존의 역사적 관점이 테크놀로지를 개개인의 삶과 거리가 먼, 추상적 개념으로 인식하게 한 것이 테크놀로지에 대한 더 다양한 이야기의 발생을 방해했다고 생각하기 때문이다. 모든 사람은 자신만의 방식으로 테크놀로지와 관계를 맺고 그를 통해 세상과 연결된다. 그 이야기들이 풍성해질 때 테크놀로지를 매개로 선택하고 결정할 공통의 사회와 미래에 대한 논의도 풍성해질 것이다.

이 책은 개인의 일상으로부터 출발해 테크놀로지가 우리의 현재와 근미래에 던지고 있는 질문들을 함께 나눠보는 방향으로 구성되었다. 1장에서는 평소에 '테크놀로지'로 인식되지 않았던 사물들을 매개로 일상에 테크놀로지가 얼마나 속속들이 개입되어 있는지를 밝힌다. 이 사물들이 단순한 도구를 넘어, 현대 한국의 일상을 만든 주요한 장치였음을 깨닫는 순간, 독자의 눈이 밝아질 것이다. 2장에서는 테크놀로지의 총합과도 같은 도시를 중심으로 보이지 않는 인프라가 집합적 삶을 떠받치는 구조를 드러내 보인다. 3장에서는 역사를 뒤흔든 테크놀로지 관련 사건들을 비판적으로 짚는다. 특정한 테크놀로지를 선택함으로써 인류가 얻은 것과 잃은 것의 대차대조표를 작성해보려는 것이다. 4장에서는 테크놀로지가 결정적으로 실패한 사건들로부터 역사적 교훈을 찾아본 후 5장에서는 4차 산업혁명, 대안 에너지, 백신, 팬데믹 등 눈앞에 닥친 화두를 중심으로 어떻게 살 것인지를 고찰해본다. 이 질문들을 통해 독자들이 테크놀로지를 이해하는 것을 넘어 앞날을 함께 결정하는 혜안까지 기를 수 있다면 좋겠다.

'나'라는 탐침으로부터
종횡무진한 탐색을 향해

서두에서 언급했던 '위기 상황'이 어떻게 마무리되었는지를 털어놓으며 글을 마치려 한다. 스마트폰 신호가 끊어지자 울창한 국유림의 신비로운 경관을 지나고 있던 물리적 '나'와는 별개로, 심리적인 '나'는 텅 비어 있는 스마트폰 화면 속 푸른 점이 되어 한동안 떠돌았다. 정신적 공황 상태로 한참을 달리자 작은 마을이 나타났고, 그때 다시 스마트폰 신호가 미약하게나마 잡히기 시작했다. 통신사에서는 당연하게도 마을을 중심으로 기지국을 설치했을 것이다.

나는 마을 어귀에서 발견한 스웨덴 이민자 가족의 작은

식당에서 점심을 먹기로 했다. 식당에서 제공하는 와이파이로 위치를 확인하고 나서야 안도의 한숨을 내쉴 수 있었다. 내가 생각했던 방향과 크게 다르지 않게 오고 있었던 것이다. 점심을 먹고 나오면서 나이 든 식당 주인에게 관광객용 지도를 한 부 청했다. 최첨단 GPS 기술보다 오래된 종이 지도가 때로는 더 믿을 만하다는 교훈을 얻었기 때문이었다.

이 책도 독자 여러분에게 믿을 만한 종이 지도가 되었으면 하는 바람이다.

PART 1

당신이
그것의
존재를
알아차리는
순간

마스크

각자도생의 테크놀로지를 넘어

2020년 한국 사회를 대표하는 테크놀로지를 꼽는다면 보건용 마스크를 들지 않을 수 없을 것이다. 합성 섬유와 필터로 이루어진 비교적 간단한 물건인 마스크는 2000년대 황사와 미세먼지 문제에 대한 사회적 경각심이 높아지면서 우리 삶 속에 본격적으로 들어왔다. 이렇게 보면 한국에서 미세먼지 문제는 코로나19 사태를 예비하는 일종의 예행연습 역할을 하지 않았을까. 마스크 착용에 이미 익숙한 대다수 한국인은 정부에서 아무런 가이드라인을 내놓지 않았을 때부터 마스크를 쓰기 시작했다. 이는 지난 5년 동안 (초)미세먼지로부터 자신을 보호하는 장치를 마련했던 경험에 바탕을 둔 '만들어진 전통'이었다. 이런 배경 아래 2020년 1월 20일 한국에서 첫 코로나19 확진자가 생겼다.

마스크,
지금 가장 뜨거운 테크놀로지

코로나19 확산 초반, 마스크 품귀 현상은 예견되었던 일이다. 그 전해 미세먼지와 초미세먼지의 '매우 나쁨' 단계가 장기화되었을 때의 학습 효과 때문이다. 나 역시 겨울방학을 마치고 개학을 앞둔 아이에게 씌워 보낼 마스크를 구하기 위해 한 시간여 동안 밤길을 헤맨 경험이 있다. 어떻게든 마스크를 구해야 한다는 생각에 지하철역 두 정거장 구간을 걸으며 눈에 띄는 편의점마다 들어가 보았지만, 돌아오는 것은 다 팔려서 남은 것이 없다는 대답뿐이었을 때 어찌나 눈앞이 아득해졌던지. 가로등이 비추는 곳에 짙은 황사가 뿌옇게 드러난 서울의 풍경은 또 얼마나 을씨년스럽던지.

그런데 엎친 데 덮친 격으로 코로나19라니. 단기적이고 산발적으로 발생하는 미세먼지와는 달리 팬데믹 사태가 길어질 낌새가 보이자 사람들이 마스크를 대량으로 구매하기 시작했다. 그 결과 마스크 품귀는 더욱 심해졌다. 물량이 달리자 인터넷 쇼핑몰에서 고객의 주문을 강제로 취소해버렸다는 제보가 줄을 이었다. 일부 업자들이 기회를 틈타 평

19   마스크

소의 몇 배가 넘는 가격으로 폭리를 취하기도 하자 결국 정부는 마스크 가격 규제에 나설 수밖에 없었다. 그 와중에 정부가 중국에 수백만 장의 마스크를 지원한 것을 둘러싸고 논란이 일었다. 한국인도 구하기 힘든 마스크를 중국에다 보내다니! 바이러스에 대한 공포가 자국민 보호를 최우선시해야 한다는 본능으로 나타난 것일까.

언론에서는 '마스크 대란'을 대서특필했다. 이 이슈가 총선 정국을 뒤덮었다. 적정한 수량의 마스크를 시민들에게 안정적으로 공급하는 일은 유례없는 위기 상황 속에서 정부의 작동 여부를 판가름하는 기준처럼 보였다. 마스크는 '각자도생'의 이기심과 정부 시스템에 대한 '시험대'의 상징처럼 회자됐다. 이처럼 보이지 않는 미세먼지와 바이러스의 습격을 맞아 마스크는 초미의 관심사가 됐다. 그것은 달리 방법을 찾기 어려운 사태에 맞닥뜨린 인류가 취한 최선이었다.

전염병과 함께한
마스크의 역사

이제는 일상적 사물이 된 탓에 마스크가 테크놀로지라는 생각은 좀처럼 하기 어렵지만, 그 기원인 역병 의사의 마스크는 확실히 '테크놀로지' 같은 모양새다. 마스크가 만들어지고 사용되어온 과정은 간단한 장치를 통해 외부 환경으로부터 스스로를 보호하려는 기술 발전의 역사다.

14세기 유럽에서 흑사병이 유행해 1억 명이 넘는 사망자가 발생하는 일이 있었다. 이후 방역에 대한 관심이 높아지면서 '역병 의사'라는 전문가 집단이 등장했다. 이들은 17세기 이후 독특한 복장으로 눈길을 끌었다. 발목까지 내려오는 긴 외투에 가죽 모자를 쓰고 가죽 장갑을 꼈다. 전염병을 앓는 환자와의 직접 접촉을 최소화하기 위한 것이었다. 무엇보다도 까마귀 부리 모양의 마스크가 특징적이었다. 당시 의학 지식으로는 사람이 공기 중에 떠도는 독기(毒氣, miasma)를 들이마심으로써 전파된다고 알려져 있었는데, 마스크의 길쭉한 부리 부분에 각종 약초와 허브 등을 채워 넣으면 이를 중화시킬 수 있다고 믿었던 것이다. 그래서인지 SF의 하위 장르 중 하나인 스팀펑크의 팬들은 간혹 아포칼립스 이후에나 등장할 법한 기괴한 스타일의 까마귀 부리 모양을 한 역병 의사 마스크를 패션 아이템으로 착용하기도 한다. 하지만 역병 의사들의 마스크는 흑사병을 예방하는 데 실상 큰 도움은 되지 않았다. 이제는 널리 알려져 있듯이 흑사병은 일반적으로 호흡기가 아니라 쥐벼룩을 통해 전파됐기 때문이다.

20세기 이후에는 감기 등 호흡기 전염병 예방을 위해 간단한 마스크를 착용하는 것이 일반화됐다. 이때 '마스크'라고 하면 보통 방한대(防寒帶)를 뜻하는 말이었다. 면으로 만들어진 방한대는 추운 겨울날 차가운 공기로부터 코와 입을 보호하는 것이 주된 기능이었다. 1932년 한 신문기사는 유행성 감기를 예방하기 위해서는 "외출할 때에는 '마스크'를 반듯이 하고 다닐 것과 집에 돌아온 후에는 양추(양치)를 꼭 하"는 것이 중요하다고 권고했다. 하지만 마스크의 효능에 대해서는 의견이 엇갈렸다. 몇 년 후 같은 신문은 마스크를 "여간 주의를 하고 쓰지" 않으면 오히려 몸에 해로울 수 있기 때문에 "될 수 잇는대로 쓰지 말 것"을 권장하기도 했다. 이는 호흡기 전염병의 감염 경로를 생각해보면 당연한 일이다. 방한대 마스크는 환자가 기침을 할 때 나오는 체액을 물리적으로 차단하는 효과는 있었겠지만 바이러스나 세균의 크기를 생각하면 그 정도로 질병을 예방하기란 어려웠을 것이다.

그렇다면 감기에 걸렸을 때 마스크를 쓰는 관습은 어떻게 생겨났을까? 1969년 홍콩독감 유행 당시의 언론 보도는 그것이 "2차대전 때의 일본식"이라고 단언하고 있다. 1930~40년대 한국인은 일본인의 습관을 받아들여 마스크를 쓰게 되었지만, "현대 의학은 그 효과에 대해 오히려 해롭다고 단정하고 있다"고 주장했다. 면 마스크는 감기 바이러스를 쉽게 통과시킬 뿐만 아니라 오히려 숨쉬기만 불편해져 득보다 실이 많다는 설명이었다. 언론에서 마스크 사용의 효과가 크지 않다는 정보성 기사를 주기적으로 내보내야 할 정도로 해방 이후 한국인들은 감기와 독감 등 호흡기 전염병이 유행할 때마다 마스크를 착용하는 것을 당연하게 생각했다.

마스크가 다시 주목받게 된 것은 2010년대 이후 미세먼지에 대한 인식이 높아지면서부터였다. 이때 본격적으로 등장한 보건용 마스크는 예전의 면 방한대에서 진일보한 제품이었다. 현재 시중에 판매되고 있는 KF(Korea Filter) 등급은 0.6μm 크기의 입자를 걸러주는 비율을 나타낸다. 예를 들어 KF-80 마스크는 미세입자를 80퍼센트까지 걸러준다. 제대로 착용하기만 한다면 최악의 환경 속에서도 내 코와 입으로 들이마시는 공기의 질을 어느 정도는 확보할 수 있다. 당연하게도 KF-94나 KF-99 마스크를 사용하면 보다 강력한 효과를 볼 수 있다.

코로나19 시대의 마스크는
무엇이 다른가

마스크는 근본적으로 개인용 테크놀로지이다. 극심했던 마스크 품귀 현상은 이를 선명하게 드러내는 사건이었다, 아무리 가까운 사이라도 마스크를 나눠 쓸 수는 없다는 점 때문이기도 하지만, 마스크를 쓰게 된 근본 원인은 그대로 둔채 "지금 당장 숨 쉴 만한 한 줌의 공기를 스스로 제공"하기 위한 노력의 결과라는 점에서 그렇다. 미세먼지로부터 자신을 보호하기 위해 쓰는 마스크는 이러한 "각자도생의 공기 기술"의 대표적인 사례로 볼 수 있다.

하지만, 같은 보건용 마스크라도 '미세먼지의 마스크'와 '코로나19의 마스크'는 그 의미가 사뭇 다르다. 현재 사람들이 마스크를 쓰는 이유는 양면적이다. 공기 중에 떠다니는 침방울을 매개로 전파되는 바이러스가 내 몸 속으로 침투하는 것을 막는다는 측면에서는 '미세먼지의 마스크'와 마찬가지이지만 혹시라도 문제의 근원이 될 수 있는 자신으로부터 타인을 보호하기 위한 것이기도 하기 때문이다. 각자도생의 이기심이 아니라 공동체를 보호하려는 마음도 마스크를 쓰는 행위에 녹아 있는 것이다. 이러한 시민의식 덕분에 2020년을 강타한 코로나19 사태를 이나마 막아낼 수 있었다.

이처럼 테크놀로지의 의미는 주어진 맥락에 따라 달라진다. 특정 테크놀로지의 의도와 가치가 고정되거나 결정된 것은 아니라는 점, 그것을 사용하는 집단과 사회를 반영하며 달라진다는 점을 코로나19 시대의 마스크는 보여준다.

사실 마스크가 방역에 얼마나 효과가 있는지를 과학적으로 의심의 여지없이 증명하기란 매우 어려운 일이다. 이는 마스크라는 테크놀로지가 실험실 내의 잘 통제된 환경 속에서 이용되는 것이 아니라 사전에 예단하기 어려운 현장에서 사용될 수밖에 없기 때문이다. 하지만 불확실하나마 가능성이 높은 가설을 세우고, 그것을 실현하기 위해 노력하지 않으면 과학도, 시대도 전진할 수 없다. 테크놀로지는 주어진 자원을 재조직해 당면한 문제를 해결하려는 행위이다. 우리가 테크놀로지를 통해 세상을 본다는 것은 기술적 행위의 전후 맥락에 얽혀 있는 질문들을 함께 고민한다는 것이다.

마스크

담배

담배꽁초는 인류세를 가르는
중요한 표지

담배란 무엇인가, 를 생각하면 떠오르는 기억이 있다.

대학 시절이던 1990년대 중반에 충남 서산으로 농촌
봉사활동을 떠났다. 여름방학이 한창이던 7월 말이었다. 학
생들은 조를 짜서 비닐하우스에 농약 치는 일, 마늘 저장용
굴을 파는 일 등을 맡았다. 한 후배는 소 축사 청소를 하다
가 갈퀴로 발등을 찍는 바람에 파상풍 주사를 맞으러 읍내
로 '후송'되기도 하는 고된 나날이었다.

어느 하나 힘들지 않은 일이 없었지만, 그중에서도 모
두가 걸리지 않았으면 했던 일은 단연 담뱃잎 따기였다. 무
더운 여름날 사람 키만큼 자란 담배나무 아래에서 허리를

굽혀 일하다 보면 후텁지근한 열기에 금세 온몸이 땀으로 젖어들었다. 담뱃잎은 까칠한 털이 나 있었고 끈적끈적한 진액이 배어 나와 하루의 작업이 끝나면 손이 따끔거렸다. 그 와중에 담뱃잎을 한 장씩 챙겨 와서 숙소 빨랫줄에 말려 보는 친구들도 있었다.

　　그 친구들은 담뱃잎을 말리면 피울 수 있다고 생각했던 걸까? 모두에게, 모든 세대에게 이런 기억이 있는 것은 아닌데도, 우리는 담배가 자연적 산물이라고 쉽게 생각한다. 하지만 오늘날 편의점 계산대 뒤편에 오색영롱하게 진열된 담배는 오랜 역사 속에서 수많은 문명의 손길을 거쳐 만들어진 테크놀로지다.

중독 효과를 극대화한
담배의 테크놀로지

담배에 대한 인류사의 기록은 아메리카 대륙에서 시작되었다. 마야 문명권에서는 일찍이 담뱃잎을 태워 그 연기를 흡입하면 기묘한 각성 효과가 나타난다는 사실을 알고 있었다. 1492년 크리스토퍼 콜럼버스(Christopher Columbus, 1451~1506)가 아메리카 대륙에 도착했을 때 원주민들로부터 받은 물건 중에 담배가 있었다. 그 이후 담배는 '타바코'라는 이름으로 스페인과 포르투갈에 전해졌고, 유럽 지역에서 재배되기 시작했다. 당시는 이른바 대항해시대, 즉 유럽인들이 적극적으로 해상 무역로를 개척하던 시기였다. 담배는 유럽 선원들의 동선을 따라 세계로 전파되었다.

조선인이 담배를 처음 접한 것은 17세기 초 일본을 통해서였다. 그 이전에 포르투갈과 네덜란드인들이 아프리카 대륙 최남단 희망봉을 돌아 말라카 해협을 통과한 후 필리핀과 일본 열도까지 도달한 덕분이다. 이후 담배는 조선인들의 일상에까지 깊숙이 들어오게 되었다. 한문학자 안대회에 따르면 담배는 '담파고(淡婆姑)', '담박괴(澹泊塊)' 등 다양한 이름으로 불렸다. 임진왜란이 끝나고 조선과 일본 사이의 공식적인 무역이 중단되었다가 1609년 동래 왜관에서 일본 상인의 무역 활동을 다시 허용하기 시작했는데, 이때 중요한 거래 품목이 담배였다. 일본 상인들은 담배를 신묘한 의료 효과가 있다고 선전하며 조선 사람들의 입맛을 사로잡았다.

하지만 해상 이동의 활성화는 담배 전파의 배경이지 원인은 아니다. 담배가 여러 문화권에 파고든 속도는 같은 시기 전해진 다양한 문물들 가운데에서도 유독 빨랐다. 담배가 강한 중독성을 갖고 있기 때문이었다. 많은 사람이 일단 한번 담배 맛을 보면 그 쾌감을 잊지 못했다. 담배의 중독성은 잘 알려져 있다시피 담배에 포함된 니코틴 성분 때문이다. '니코틴'이라는 이름은 프랑스에 담배를 소개한 외교관인 장 니코(Jean Nicot, 1530~1604)에서 왔다. 이 성분이

뇌에 도달하면 신경전달물질인 도파민을 활성화시킨다. 도파민은 기분을 좋게 할 뿐만 아니라 주의력과 집중력을 높여 기억과 학습에 중요한 역할을 한다. 반대로 혈중 니코틴 농도가 떨어지면 집중력이 떨어지고 짜증을 내는 등 금단현상이 나타나 지속적으로 담배를 찾게 된다. 게다가 현대의 담배 회사들은 각종 장치와 첨가물을 이용해 니코틴이 체내에 흡수되는 방식을 치밀하게 조정한다. 오늘날의 담배가 엄연한 인공물, 즉 테크놀로지인 것은 이 때문이다.

필터는 무엇을 거르고, 무엇을 남기는가

담배가 테크놀로지임을 보여주는 대표적인 장치가 필터다. 담배에 달린 필터를 뜯어보면 화학 섬유의 일종인 얇은 셀룰로스아세테이트 막이 미세하게 주름 잡힌 구조로 만들어져 있다. 담배 끝에서 발생한 연기는 필터의 조밀한 구조를 통과하면서 타르와 니코틴이 일부 걸러진 채로 호흡기를 통해 인체 내부로 들어온다. 담배에 필터가 달리기 시작한 것은 20세기 중반 무렵부터였다. 흡연이 건강을 해칠 수 있다는 생각이 퍼지면서 조금이라도 그 악영향을 줄여보려는 의도에서였다. 시간이 지나면서 필터 기술도 진화해 기존 필터에 참숯 성분을 첨가한 필터를 덧대 이중으로 설계

한 모델이 사용되기도 했다. 담배를 별도의 필터에 꽂아 피울 수 있게 해주는 장치도 나왔다. 담배에 필터라는 테크놀로지가 더해지면서 새로운 문제가 야기되기도 했다. 필터가 유해 성분의 일부를 걸러주면서 흡연이라는 행위에 대한 문턱이 대폭 낮아지는 효과가 있었던 것이다. 이전의 담배는 니코틴에 이미 중독된 사람이 아니라면 스스로 독한 연기를 들이마시기 어려울 정도로 피우기가 어려웠다. 하지만 새로운 기술로 '개선'된 담배는 점차 목 넘김의 부드러움을 추구하게 되었고, 그에 따라 새로운 흡연 인구의 유입을 장려하는 효과가 있었다. 한편으로는 유해성분을 걸러 주지만, 다른 한편으로는 새로운 중독자를 만들어낸다는 것이 담배 필터의 아이러니였다.

담배 필터의 문제는 이뿐만이 아니다. 이 인공 물질이 함부로 버려진다는 것이 더 심각한 문제다. 서울 시내에서 버려진 담배꽁초가 없는 거리는 찾기 어렵다. 많은 흡연자가 큰 문제의식 없이 도로변 하수구 구멍에 꽁초를 버리곤 한다. 2019년 초 국회 의원회관에서 열린 '길거리 담배꽁초 어떻게 할 것인가?'라는 주제의 토론회 내용에 따르면, 그렇게 버려지는 꽁초의 개수가 한국에서만도 매년 4조 개에 달한다. 그야말로 천문학적 규모의 담배꽁초가 하수도를 통해 강으로, 또 바다로 흘러들어가고 있다.

그 악영향은 담배가 물에 녹으면서 나오는 진액이 물을 오염시키는 데 그치지 않는다. 플라스틱 성분의 필터 부

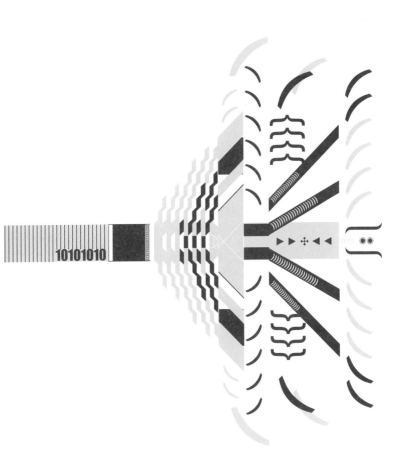

31 담배

분은 미세플라스틱으로 변해 물고기의 몸속에 쌓이고, 이는 물고기를 먹는 인간의 몸으로 되돌아오게 된다. 인류가 지구 환경을 변화시키는 데 큰 영향을 미치고 있는 시기를 지칭하는 '인류세(人類世, anthropocene)' 개념을 받아들인다면, 담배꽁초는 치킨 뼈와 함께 인류세를 가르는 중요한 표지 중 하나가 될 것이다.

사회 변화를 반영하는 테크놀로지의 역사

담배의 사례는 중독 물질의 효과를 극대화하기 위해 테크놀로지를 설계하는 것이 과연 윤리적인지 질문을 던지게 한다.

물론 한국에서는 지난 20년 사이 담배에 대한 사회적 인식이 많이 바뀌었다. 필자가 농활을 떠났던 1990년대 중반까지만 해도 대학생의 상당수가 담배를 피웠다. 실내 흡연은 당연한 것으로 받아들여졌다. 대학 강의실에서 수업하면서 담배를 피우는 교수가 있을 정도였다.

1995년에 국민건강진흥법이 제정되면서 법적으로 공공장소에서의 금연을 강제하기 시작했으나 한동안 그 효과는 미미했다. 비흡연자들의 건강권을 지킨다는 인식이 아직은 강하지 않았기 때문이다. 그러다가 2010년대 들어 본격적으로 실내 금연이 일반화되기 시작했고 그 범위가 점

32

차 늘어갔다. 이제는 버스 정류장, 건물 출입구 부근, 주요 도로변에서도 흡연이 적발되면 과태료를 부과할 수 있게 되었다. 전반적으로 담배가 건강에 미치는 영향, 특히 간접 흡연에 대한 경각심이 높아졌다. 담뱃갑의 경고 문구도 그에 따라 신랄해졌다. 처음 경고 문구가 등장한 1976년에는 "건강을 위해 지나친 흡연을 삼갑시다" 정도의 온화한 표현이 전부였지만, 이제는 "폐암에 걸릴 확률 26배 상승, 그래도 피우시겠습니까"라는 섬뜩한 문구에 더해 적나라한 사진을 넣게 되었다. 하지만 여전히 담배에 대한 제재는 개인의 건강 문제와 결부되어 인식될 뿐, 담배가 사회를 넘어 지구와 역사에 미치는 영향에 대해서는 크게 논의되지 않고 있다.

사회적 인식의 변화에 발맞춰 테크놀로지 진화의 방향 역시 달라지기 마련이다. 흡연이 건강에 미치는 영향에 관한 관심이 높아진 최근에는 니코틴 의존성을 낮추는 테크놀로지들이 개발되어왔다. 담배 대신 니코틴을 체내에 주입하는 패치와 껌 등 다양한 금연 보조제, 흡연이 만족시켜주는 구순기(口脣期)적 쾌감을 모사하기 위한 금연초와 금연 파이프도 있다. 담배 연기 특유의 역한 냄새를 최소화하는 방법으로 여러 종류의 전자담배도 성업 중이다. 가열형 담배는 담뱃잎을 섭씨 800도가 넘는 고온으로 연소시키는 전통적인 방식에서 벗어나 300도 정도의 비교적 저온으로 가열해 일산화탄소, 타르와 같은 유해 성분의 발생을 줄이면

담배

서도 중독을 일으키는 성분은 효과적으로 뽑아내는 방식을 채택하고 있다. 이렇게 등장한 새로운 테크놀로지들은 담배에 대한 새로운 이미지를 만들어내고, 논쟁거리를 낳기도 한다.

그렇다. 20여 년 전 서산 담배밭에서 따온 담뱃잎 자체가 '담배'는 아니었다. 가게에서 판매하는 담배는 각종 첨가물을 인위적으로 집어넣어 니코틴 분자의 화학적 형태를 변화시키고, 향을 입히고 필터를 달아 소비자 입맛에 맞게 정교하게 설계된 상품이다. 일상 속의 테크놀로지란 이처럼 교묘하고 복합적이며, 그 공정과 맥락을 간과한 채 그것을 소비하는 우리는 때때로 순진하다. 1995년 여름, 우리가 따온 담뱃잎은 숙소 창가에 매달려 있다가 농활 일정이 끝남과 동시에 쓰레기통 신세가 되고 말았다.

우유

조국 근대화의 일등 공신,
식습관의 테크놀로지

담배에 이어 평소에는 좀처럼 테크놀로지로 인식되지 않는
일상 속 또 하나의, 그리고 정치적으로 중요한 테크놀로지
에 대해 이야기해보자. 바로 '우유'다.

　우유는 젖소라는 생명체가 만들어내는 체액의 일종이
다. 담배와 마찬가지로 자연의 산물에서 출발하지만, 우리
가 소비하는 '우유'라는 제품은 만들어지는 과정에서 수많
은 기계 장치와 인간의 노동을 거친다. 테크놀로지를 '인간
이 자연에 개입해 인공적인 편의를 만들어내는 것'이라고
정의한다면 이 정의에 정확하게 부합하는 것이다. 우유의
'도입'이 자연스럽지 않았다는 증거 중 하나는 '유당불내증'

이다. 뒤에서 설명하겠지만, 지역에 따라 우유를 섭취하기에 적합하지 않은 체질의 인구 비율이 높게 나타난다는 점은 인류가 우유에 적응해온 역사를 보여준다.

게다가 한국에서의 우유의 역사에는 조국 근대화에 대한 정치적 열망이 투사되어 있었다. 이게 너무 비약으로 들리는가? 하지만 돌이켜보면 내 세대 한국인의 경우 학교와 (병역필자의 경우) 군대 급식에서 빼놓을 수 없는 음식이 바로 우유였음을 알 수 있다. 왜 우유는 단체 생활의 필수품이 되어 한국인의 식생활에 들어왔을까?

우유는
자연스러운 식품이 아니다

구체적으로 설명해보자. 지방 함량에 따른 우유의 종류 중 하나인 '홀 밀크(whole milk)'를 직역하면 '완전한 우유'다. 이 용어는 자연의 산물인 우유의 성분을 인위적으로 조정하지 않았다는 인상을 준다. 하지만 우리가 마시는 모든 우유는 생산의 첫 단계로 원심 분리기라는 기계를 통과하게 된다. 여기에서 탈지유와 크림이 분리된다. 보통은 9대1 정도의 비율이다. 일단 크림을 분리한 후 표준 조성에 따라 다시 섞는다. 한국에서 판매하는 '일반 우유'는 보통 지방율을 3퍼센트대 후반 정도에 맞춘다. 미국 '홀 밀크'의 지방율은

3.25퍼센트다. 이렇게 조성에 맞게 섞어준 후 남는 크림은 각종 유제품을 만드는 원료로 활용한다. 이러한 과정에서 우유는 흔히 생각하는 소젖과는 다른, 인공적인 식품이 된다. 게다가 최근 우유 급식을 거부하는 시민들의 지적처럼, 우유는 대량생산을 위한 거대 축산 시스템의 산물이다. 한 마리의 젖소가 이익을 산출하기 위해서는 자연 상태에서 송아지가 먹는 우유량의 수십 배를 뽑아내야 한다. 대형 목장에서는 이 정도의 생산량을 유지하기 위해 젖소 피부 관리 브러시를 이용해 젖소의 혈액 순환을 촉진시키는 등 온갖 방법을 동원한다. 그러니 우리가 슈퍼마켓에서 쉽게 찾아볼 수 있는 우유는 어떻게 보아도 순수한 자연물과는 거리가 있다.

인류가 소젖을 언제부터 먹게 되었는지는 확실치 않다. 인간은 생후 일정 기간 모유에 의존해 생존하지만, 대부분은 6~7세 이후 '락타아제'라는 유당(乳糖) 분해효소를 체내에서 생성하는 능력을 잃는다. 이 유당불내증(不耐症) 때문에 우유만 마시면 배가 아프고 소화가 잘 되지 않는 증상이 나타난다.

그러다가 약 7천 년 전에 모종의 유전자 돌연변이가 일어나 유아기가 지난 후에도 락타아제를 원활하게 생성하는 체질의 인간들이 생겨나는 바람에 유당불내증을 보이는 사람들의 비율이 지역에 따라 큰 차이를 보이게 됐다. 최근 연구에 따르면 북유럽의 경우 유당불내증 인구의 비율은 10

우유

퍼센트 전후로 나타난다. 반면 동아시아 지역에서는 그 비율이 여전히 80퍼센트 이상인 것으로 알려져 있다. 한국인이나 일본인이 덴마크나 스웨덴 사람들처럼 우유를 벌컥벌컥 마시는 것은 유전학적으로 적합하지 않을 수도 있다는 뜻이다.

이를 포함한 여러 이유로 한국을 비롯한 동아시아 지역에서 우유는 비교적 늦게 보급된 편이었다. 그리고 그 '보급'의 배경에는 '서구식 근대화'에 대한 정치적 열망이 있었다.

서구식 근대화의 열망으로 보급된 우유라는 식생활

일본에서는 메이지 유신 이후 본격적으로 우유를 마시기 시작했다. 1920년 전후에 일어난 일본의 '열등한' 식생활 개선 운동이 그 출발점이었다. 이를 주도한 경제학자 모리모토 고키치(森本厚吉, 1877~1950)는 세계 인종을 "충분한 우유와 육류를 섭취하는 민족들"과 "(일본인처럼) 결핍된 식품에 의존하는 민족"으로 구분했다. 일본인들이 우유를 비롯한 서구식 식생활을 받아들이면 수명이 늘어날 뿐만 아니라 체위 향상에도 도움이 될 것이라는 주장이었다. '탈아입구(脫亞入歐)'를 위한 일본인들의 식습관은 식민지 경험을 통해 조선에도 알려지기 시작했다. 곧 한반도에도 우유를 생산해 판매하는 회사가 설립되었다. 그러나 대부분의 한국인에게 우유란 여전히 일본인들이나 마시는 낯선 음식에 머물렀다. 한국에서 우유의 주변적 위치는 해방 이후까지도 한동안 유지됐다.

한국에서 우유 생산이 본격적으로 이루어지기 시작한 것은 1960년대 이후의 일이었다. 군사 쿠데타로 정권을 잡은 박정희 대통령이 찢어지게 가난한 농촌 지역에 새로운 소득원을 창출하는 방안의 하나로 낙농업을 적극적으로 권장했던 것이다. 1961년에는 전국적으로 천여 마리에 불과했던 젖소가, 그로부터 20년간 21만 마리까지 늘어났다. 우유 생산량이 늘어나자 이를 소비하는 방책 역시 마련해야 했다. 낯선 음식이었던 우유가 한국인의 식생활에 편입되기까지 시간이 필요했다. 처음에는 우유가 남아돌았다. 정부는 이를 소비하기 위해 1970년대 초부터 국민학교와 군부대에서 우유 급식을 시작했다. 이를 정당화하는 목표로 반세기 전 일본에서처럼 "국민 체위를 향상"시킨다는 점을 내세웠다.

하지만 아무리 정치권력에 의한 프로젝트여도 모든 한국인이 우유를 접할 수 있게 하는 일이 쉽지만은 않았다. 외래종 젖소가 한국의 환경에 적응하지 못해 폐사하는 경우가 많았기 때문에 새로운 환경에 더 잘 적응할 수 있는 잡종우를 만들기 위한 노력이 이어졌다. 공장에서 만들어진 우유

우유

를 소비자들에게 안전하게 전달할 수 있는 유통 인프라를 구축하는 일 역시 중요했다. 상온에서 상하기 쉬운 우유의 특성 때문에 멸균 상태에서 바로 진공 포장을 하는 방법이 도입되었나. 중년 이상의 독자라면 정사면체 모양의 '테트라팩' 포장을 기억할 것이다. 이렇게 생산된 우유는 1970년대를 거치면서 확충된 전국 도로망을 따라 전국의 가정으로 배달되기 시작했다.

어떤 테크놀로지에는
한 시대의 정치적 꿈이 담겨 있다

이런 역사로부터 알 수 있는 점은 두 가지다. 우유가 우리 생활에서 일상적으로 볼 수 있는 식품으로 자리 잡은 것은 유전학, 식품공학, 도로망 확충 등 여러 테크놀로지 간 협업의 결과라는 점, 그리고 이는 우유가 서구식 근대 국가 건설이라는 (한국을 비롯한) 동아시아 정치권력의 꿈이 투사된 테크놀로지였기 때문에 가능했다는 점이다. 우유는 단순한 식품이 아니라, 국가가 국민의 신체에 직접 개입해 국력을 신장시킬 수 있다는 믿음의 상징이기도 했다.

그런 점에서 20세기 후반 한국인의 보편적인 성장 과정에 새겨진, 학교와 군대에서 우유를 먹었던 집단적 기억은 씁쓸하기도 하다. 더 이상 아이들에게 우유 급식을 하지

말자는 한 시민단체의 활동은 한 나라의 국민으로서 집단의 이득을 위해 개인적 편차를 애써 눈감을 수밖에 없었던 시대가 서서히 저물어가고 있음을 보여준다. 유당불내증이 높은 비율로 나타나는 지역의 국민들이 국가 발전을 위해 집단적으로 우유를 섭취해야만 했던 20세기의 풍경이 앞으로는 개별적인 다원성을 존중하는 문화로 바뀌어가기를 기대해본다.

라면

근대의 영양식에서
대중 소비문화로

1986년, 농심 신(辛)라면이 처음 출시되었다. "사나이를 울리는 라면"이라는 캐치프레이즈로 광고가 전파를 탔고, 대단한 인기를 끌었다. 당시 막 중학교에 입학했던 나의 토요일 일과 속에 라면이 들어왔다. 나와 친구들은 오전 수업이 끝나면 부모님이 집을 비운 친구네에 놀러가곤 했는데 가는 길에 사람 숫자에 맞춰 봉지라면을 사고, 비디오 대여점에 들러 영화 한두 편(주로 '홍콩느와르'라고 알려진 액션 영화)을 빌리는 것이 정해진 코스였다. 친구 집에 도착하면 부엌에서 가장 큰 냄비를 꺼내 라면을 끓였다. 허겁지겁 라면을 먹고 국물에 밥까지 말아 먹으면서 영화를 보고 나면 어둑어둑해졌다. 내 인생의 라면 시대가 본격적으로 개막한 시기였다.

당시 라면의 시대는 나에게만 닥쳐온 것이 아니었다. 한국 라면의 역사에서도 이 무렵은 흥미로운 변동이 일어나고 있던 시기였다. 1980년대에 들어서면서 전통적인 강자였던 삼양과 농심 이외에도 한국야쿠르트, 청보식품, 빙그레 등이 라면 시장에 진출해 새로운 제품을 쏟아냈다. 농심이 삼양을 제치고 시장 점유율 1위로 올라선 것도 이때였다. 농심은 그 여세를 몰아 86아시안게임과 88올림픽의 공식 라면 공급업체로 선정됐다.

이때를 기점으로 라면은 한국인의 일상과 뗄 수 없는 음식 중 하나가 됐다. 세계인스턴트라면협회의 조사 결과에 따르면 2017년 기준으로 한국인의 라면 소비는 1인당 연간 73.7개로 세계 1위다. 평균적으로 한 사람당 매주 1개 이상을 먹고 있는 것이다.

한국인의 일상과
뗄 수 없는 라면의 역사

지금 우리에게 라면은 '간식' 혹은 취향에 따른 '기호품', 스트레스를 풀고 입을 즐겁게 하는 '길티 플레저' 등의 의미가 더 크다. 건강에 좋을 리 없다는 것을 잘 알면서도 맛있으니까 먹는 것이다. 하지만 라면은 애초에 식량난을 해결하기 위한 영양식으로 만들어졌다.

인스턴트 라면의 역사는 1950년대 후반 일본에서 시작되었는데 그 배경에는 2차 세계대전 직후 일본 내 열악한 식량 사정이 있었다. 쌀을 주식으로 했던 일본인들은 전쟁이 끝나고 광대한 식민지를 잃게 되자 극심한 식량난에 시달릴 수밖에 없었다. 미국을 비롯해 전후 일본을 점령한 연합국은 이 문제를 해결하기 위해 미국의 잉여 농산물, 특히 밀을 대량으로 제공했다. 이렇게 들여온 소맥분(小麥粉), 즉 밀가루를 소비하기 위해서는 빵과 같은 서양식 식단을 장려하는 것만으로는 한계가 있었다.

대만계 일본인 기업가인 안도 모모후쿠(安藤百福, 1910~ 2007)는 값싼 밀가루를 이용해 "아시아 전통의 국수"를 대량생산해 보기로 했다. '라멘'은 이미 일본에서는 대중적인 음식이었지만, 이를 공업화하는 것은 또 다른 문제였다.

인스턴트 라면을 실현하기 위해서는 넘어야 할 기술적 장벽이 많았다. 면의 보존성을 높이기 위해서는 수분 함량을 최대한 낮출 필요가 있었다. 안도는 수많은 시행착오를 거쳐 면을 뜨거운 기름에 빠르게 튀긴 후 건조시키는 방법을 개발했다. 이렇게 만들어진 '건면(乾麵)'은 먹기 직전에 뜨거운 물로 데우면 원래의 모양에 가깝게 풀어진다. 이것이 인스턴트 라면의 핵심 테크놀로지였다.

간편하게 만드는 것만이 목적은 아니었다. 저렴한 가격을 유지하면서 영양까지 챙겨야 했기에, 사람이 잘 먹지 않는 값싼 닭 부속품을 우려낸 닭고기 육수를 분말 형태로 만들어 스프로 내놓았다. 여기에 비타민 B1, B2와 단백질 보충제인 라이신(lysine)까지 첨가해 '특별 건강식'이라고 홍보했다. 이런 테크놀로지를 바탕으로 안도는 1958년 '치킨라멘'을 출시했다. 이후 안도가 세운 닛신식품(日淸食品)은 1962년 라면 제조 기술에 대한 핵심 특허를 획득한 후 경쟁사의 특허권 침해를 막기 위해 세심한 노력을 기울였다. 이로써 닛신은 일본 인스턴트 라면 시장에서 부동의 선두자리를 차지하게 됐다.

한국에 라면이 처음 등장한 것은 이 무렵의 일이었다. 한국 역시 일본과 마찬가지로 인스턴트 라면 산업이 성공하기에 좋은 여건이었다. 만성적인 쌀 부족과 식량난에 시달리고 있었고, 미국의 식량 원조로 밀가루를 비교적 싼 가격에 구할 수 있었다. 삼양공업의 전중윤(全仲潤, 1919~2014)은 일본에서 1958년부터 성황리에 판매되고 있던 인스턴트 라면을 국내에 도입할 수만 있다면 큰 성공을 거둘 수 있으리라고 생각했다. 문제는 기술이었다. 그는 1963년 일본제 라면 기계 도입을 위해 상공부로부터 5만 달러의 외화 사용을 할당받은 후 일본으로 향했다. 전중윤이 처음으로 찾아간 닛신식품은 삼양의 제안을 거절했다. 다행히 업계 2위인 묘조식품(明星食品)은 협조적이었다. 묘조식품의 도움을 받아 삼양공업은 그해 9월 한국 최초의 인스턴트 라면을 생산할 수 있었다.

효율적이고 즉각적인
근대 감각의 영양식

이렇게 한국에서도 인스턴트 라면의 시대가 열렸지만 소비자들의 식습관이 바로 바뀌기는 어려운 일이었다. 1960년대 후반 언론에서는 대대적으로 라면을 비롯한 분식(粉食)의 장점을 소개하는 특집 기사를 실었다. 이는 거꾸로 보면 당시 한국인들 사이에서 얼마나 밀가루 음식이 "천대를 면치 못하고" 있었는지를 보여준다. 하지만 분식은 원료가 저렴할 뿐만 아니라, 영양학적으로도 우수했다. 특히 서구인들과 비교했을 때 한국인은 단백질·지방분·무기질 섭취가 부족한 편이었는데, 당시에는 인스턴트 라면을 섭취함으로써 그 차이를 메꿀 수 있을 것이라고 여겨졌다. 이렇듯 라면은 "근대 감각에 맞는 가장 효율적인" 식품으로 당시 정부의 혼분식 장려 운동에서 핵심적인 위치를 차지하게 됐다. 그에 따라 1960년대 후반 들어서는 육군 전 장병들에게 1주일에 한 끼씩 라면을 급식으로 제공하기 시작했다.

이렇듯 1970년대까지 쌀 부족과 영양 불균형이라는 문제에 대한 실용적 해결책이었던 인스턴트 라면의 지위는 1980년대 이후 조금씩 달라졌다. 라면 업계가 고급화와 다양화 전략을 취하면서 라면이 색다른 별미로 자리 잡기 시작한 것이다. 이러한 변화는 라면뿐만이 아니라 한국 사회전반의 경제적 변동과 연동돼 있었다. 중산층이 본격적으로 형성되기 시작하고 소비문화가 확산되면서 라면 역시 부족한 영양분의 공급이라는 애초의 목적에 얽매일 필요가 없어졌던 것이다.

내가 라면과 본격적으로 조우하게 된 1980년대 중반은 이러한 전환점의 한가운데였다. 당시 우리는 매주 슈퍼에 들러 이번에는 어떤 라면을 먹을지 한참을 고민했다. 그 순간에는 삼양라면과 신라면뿐만 아니라 점점 종류가 많아지는 라면들 중 하나를 선택하는 것이 무엇보다도 중요한 결단이었다. 돌이켜보면 그때 우리는 처음으로 본격적인 소비자로서의 역할을 수행하고 있었던 것 같다. 이런 우리 세대의 소소한 경험이 쌓여 대중 소비문화가 만개한 1990년대가 도래했던 것이 아닐까.

대중 소비문화와 함께 펼쳐진
라면의 백가쟁명 시대

그 이후 인스턴트 라면의 운명은 또 한 번 크게 바뀌었다. 새로운 시대를 맞아 도입 당시와는 다른 의미에서 '천대'를 받게 된 것이다. 예전에는 한국인의 영양 불균형을 해소해 줄 수 있는 고마운 존재였지만, 이제는 도리어 불균형한 영양 섭취의 주범으로 지목받게 됐다. 이 무렵부터 전국의 어머니들이 "라면 따위를 먹지 말고 제대로 된 밥을 먹어야

47   라면

한다"는 잔소리를 자식들에게 하기 시작했으리라.

라면에 대한 한국인의 태도 변화는 1990년대 이후 식습관이 빠르게 바뀐 데에서 기인한다. 곡류 섭취가 감소하고 (삼겹살과 치킨으로 대표되는) 육류 섭취가 대폭 증가하면서 굳이 인스턴트 라면을 통해 단백질과 지방을 섭취할 필요가 없어졌기 때문이다.

이제 영양 공급이라는 실용적인 목적에서 벗어난 라면은 기호품의 영역에서 경쟁하는 중이다. 오늘날 라면의 백가쟁명 시대는 실용적인 목적이 아니라 변덕스러운 소비자 입맛에 맞춰야 하는 라면 업계의 사정을 반영한다. 한때 '효율적인 근대 감각'을 대표했던 라면의 시대는 저물고, 또 다른 의미에서의 라면의 시대를 우리는 통과하고 있다.

전기밥솥

코끼리표 밥통을 대체한
국산 밥통의 역사

"쿠쿠하세요~ 쿠쿠!"

우리집에서는 벌써 몇 년째 밥때가 되면 이런 알림 소리가 울려퍼진다. 우리집뿐이랴. 같은 시간 전국 방방곡곡에서 쿠쿠 밥솥들이 합창을 하고 있을 것이다. 한국인 중 이 소리 한 번 못 들어본 사람이 있을까. 소리의 주인공인 쿠쿠전자는 1998년 이래 20년 넘게 국내 전기밥솥 시장에서 점유율 1위 자리를 지켜오고 있다.

그뿐인가. 쿠쿠 밥솥은 중국인 관광객들에게도 선풍적인 인기를 끌어 한때 면세점과 백화점에서는 쿠쿠 10인용 전기밥솥이 "없어서 못 파는" 지경이었다. 한국 중견 업체

의 제품이 쌀밥을 주식으로 하는 아시아 지역에서 열풍을
일으켰던 것이다.

공항 세관을 마비시킨
코끼리표 밥통을 아십니까

중국인들의 쿠쿠 사랑은 불과 30여 년 전인 1970~1980년
대, '코끼리표 밥통'을 향한 한국인 여행객들의 열광을 떠올
리게 한다. '코끼리표'는 일본 조지루시(象印)사의 브랜드명
이다. 당시 여러 국내 업체들도 전기밥솥을 만들고는 있었
지만 인기가 없었다. 1965년에 금성사 제품이 최초로 시판
됐지만 몇 년 만에 생산이 중단됐다. 전기밥솥이 "잠꾸러기
부부들의 안성마춤 생필품"이 된 1970년대 초에는 영신산
업, 한일전기, 근화실업, 남화공업, 한신전자공업사, 로얄전
기공업사 등 중소 규모 업체들이 치열한 경쟁을 벌였다. 하
지만 국산 제품들의 품질은 "불꽃이 튀고 감전이 되는가 하
면 2시간이 넘어도 밥이 되지 않는 등" 소비자들이 외면할
정도의 수준에 머물렀다. 결국 한국의 소비자들은 외제, 특
히 일제 전기밥솥으로 눈을 돌리게 되었다.
   이러한 상황은 1980년대까지 이어졌다. 1982년 11월
『경향신문』에는 「입국장에 쌓이는 '일제밥통'」이라는 제목
의 기사가 실렸다. 한국인 여행객들이 일본에 다녀오면서

너도나도 한두 개씩 코끼리표 밥통을 사 오는 바람에 김포공항 입국장에 밥통 상자가 산처럼 쌓여 있다는 것이었다. 통관 절차를 처리하느라 업무가 마비된 김포세관에서 전기밥솥 수입을 억제하는 조치를 취해달라고 요청해야 했을 정도였다.

밥 짓는 주부의 일을
밥솥이 대신하기까지

코끼리표 밥통 이전부터도 일본 기업들은 세계의 전기밥솥 시장을 독점하고 있다시피 했다.

전기 장치를 이용해 밥을 지으려는 노력이 시작된 것은 제2차 세계대전이 끝난 직후였다. 피폐해진 일본의 살림살이를 개선하려는 노력으로부터 기술 개발이 시작되었다. 트랜지스터 라디오로 유명한 소니의 창업자 이부카 마사루(井深大, 1908~1997)가 처음으로 전기밥솥 개발을 시도한 것이 1946년의 일이었다. 그는 나무로 된 통 바닥에 알루미늄 필라멘트를 깔아 쌀을 익히는 방식을 고안했다. 물이 끓고 밥이 말라가면서 필라멘트로 유입되는 전원이 자동으로 끊기게 되는 원리였다. 나름대로 창의적인 발명품이었지만 이 제품은 결국 실패로 돌아갔다. 이부카의 회고에 따르면 "고급 쌀을 조심스럽게 끓이면 꽤 쓸 만했지만, 조금이라도 쌀의 품질이 떨어지면 너무 질거나 훌훌 날리는 밥이 나왔다." 소니는 이 전기밥솥을 수백 대 생산했지만 팔지 못하고 창고에 쌓아둘 수밖에 없었다. 비슷한 시기에 전기밥솥을 제품화하려 했던 미쓰비시(三菱) 전기와 마쓰시타(松下) 전기 역시 밥 짓기를 '자동화'하는 데 실패했다.

이렇듯 전기의 힘을 이용해 자동으로 밥을 짓는 일은 기술적 난제라고 할 정도로 어려운 일이었다. 쌀의 종류에 따라 물의 양, 가열 시간, 뜸 들이는 정도가 미세하게 달라져야 했다. 물의 양이 너무 많으면 밥이 질게 되고, 가열 시간이 지나치게 길면 쌀이 타서 바닥에 눌어붙게 된다. 또 뜸을 제대로 들이지 않으면 위쪽의 쌀은 설익게 되어 이른바 '삼층밥'이 만들어진다. 게다가 온도와 기압 등 주변 환경도 중요한 변수다. 이러한 복잡한 변수들을 고려해 항상 맛있는 밥을 짓는 것은 오랜 경험과 긴 노동 시간이 필요한 일이었고, 쌀밥을 주식으로 하는 동아시아 지역에서 이 일은 전통적으로 주부의 몫이었다.

그러다 보니, 처음으로 상업적인 성공을 거둔 전기밥솥 개발 과정에서는 한 주부가 결정적인 역할을 했다. 1955년에 도시바(東芝) 전기가 출시한 제품이었다. 이 프로젝트를 주도했던 도시바 영업 사원은 쌀을 성공적으로 익히기 위한 적당한 온도 변화를 찾아내기 위해 노력했다. 이 과정의 숨은 주역은 그의 아내인 후미코였다. 핵심은 언제, 얼마큼 온도를 변화시켜야 밥이 타지 않을지, 그리고 물이 끓기 시작한 후 얼마나 시간이 흐른 뒤에 전원을 꺼야 하는지를 알아내는 것이었다. 그들은 오랜 시행착오 끝에 최적의 기계를 만들어낼 수 있었고, 이 제품은 1955년 12월 10일에 도시바 상표를 달고 출시되었다. 이후 도시바는 2년 동안 밤낮없이 공장을 가동해 1만 대가 넘는 전기밥솥을 생산했다.

일제 전기밥솥의 성공과
아시아 지역에서의 현지화

도시바의 전기밥솥은 일본 내에서뿐만 아니라 아시아 전역에서 큰 성공을 거두었다. 도시바가 성공하자 마츠시타, 히타치 등 대기업들과 조지루시, 타이거 등 중소기업들도 뒤이어 유사한 제품을 판매하기 시작했고 이러한 제품의 상당수는 자연스럽게 한국, 대만, 홍콩 등 아시아 지역으로, 또 아시아계 이민자들을 따라 북미 대륙으로 퍼져나갔다.

이 과정에서 전기밥솥의 '현지화'도 이루어졌다. 예를 들면 대만의 다퉁(大同) 제강기계공사는 1960년부터 도시바의 기술을 본떠 만든 TAC-6 모델을 판매하기 시작했는데, 이 과정에서 일본과 다른 대만의 식습관이 전기밥솥에 반영됐다. 역사학자 친시엔유(秦先玉)에 따르면 도시바와 다퉁의 제품은 수증기가 빠지는 구멍의 설계, 전기를 절약할 수 있게 해주는 절약형 모터, 온도 설정, 내솥에 파여 있는

전기밥솥

홈의 개수 등이 달랐다. 절약형 모터를 도입한 것은 일본에 비해 불안정한 대만의 전력 사정을 고려한 설계였다.

이렇듯 일제 전기밥솥 기술은 아시아 시장을 일방적으로 석권한 것이 아니라, 개별 국가의 조건에 따라 미세하게 조정되며 퍼져나갔다. 이는 대만의 엔지니어와 소비자, 때로는 가정관리학 전문가들 사이의 협의 결과였다. 테크놀로지도 생물처럼, 각 사회의 다양한 여건에 따라 변형되며 자리 잡는다는 것을 알려준 사례다.

대통령의 호통으로 추진된
국산 기술 개발의 역사

1960년대 중반부터 한국에서 사용된 전기밥솥들은 대개 일본 기업과 기술 제휴 관계를 맺은 중소기업 제품들과, 각종 경로를 통해 일본으로부터 수입된 것들이었다. 열악한 품질 때문에 소비자들의 외면을 받던 한국 전기밥솥 업계가 후진성을 탈피할 수 있었던 계기는 1980년대 초에 찾아왔다. 이른바 '코끼리표 밥통 사건'으로도 알려진 '주부교실 부산지부 단체여행자 해외쇼핑 사건'이 계기가 되어, 정부가 전기밥솥 개발에 팔을 걷어붙이고 나선 것이다.

사건의 전말은 이렇게 전해진다. 1983년 1월, 부산의 한 주부 모임 회원들이 단체로 일본 시모노세키 여행을 다녀왔는데, 그 며칠 후에 일본 『아사히신문』에 「한국인 손님 때문에 매상고가 늘어난다」는 제목의 기사가 실렸다. 한국 여성 관광객들이 일본을 방문했는데 "이곳에 있는 동안 계속 쇼핑만을 해 귀국길의 통관 때에는 짐을 손으로 다룰 수 없어 발로 밀어 운반을 해야 할 부인이 있을 정도"라고 비꼬는 듯한 보도 내용이 한국에 알려지자 결국 관세청이 조사에 나섰고, 사회 지도층 인사의 무분별한 외제 선호를 비판하는 목소리가 높아졌다.

이 사건은 당시 대통령이었던 전두환에게까지 보고되었다. 언론 보도 내용을 들은 전두환은 경제과학 담당 비서관을 호출해 "밥통도 하나 제대로 못 만드는 주제에 어떻게 일제 밥통을 사 가지고 들어오는 여편네들을 욕해?"라며 질타했다고 한다. 한참 호통을 치던 대통령은 전기밥솥 문제에 대한 해결책을 요구했다. "6개월 안에 다 만들어. 이 밥통 못 만들면 밥 그만 먹을 생각을 하라구!" 대통령의 특별 관심 사항에 대한 대책을 세우기 위해 당시 정부출연연구소 기관장들을 청와대로 불러 모았다. 논의 끝에 국산 전기밥솥의 품질을 높이기 위해서는 알루미늄 내솥에 밥이 눌어붙지 않도록 코팅하는 기술이 가장 중요하다는 결론이 나왔다.

회의 직후 한국기계연구소를 중심으로 전기밥솥의 핵심 기술 중 하나인 '불화탄소수지(PTFE) 코팅기술의 국산화 개발' 사업이 추진되었고, 고강도 알루미늄 소재와 여기에

테플론(Teflon)이라고도 알려진 불화탄소수지를 벗겨지지 않게 입히는 방법(PTFE 코팅)이 개발됐다. 청와대에서는 이 기술이 적용된 시제품으로 대통령 영부인인 이순자 여사가 직접 지은 밥을 먹어보는 시식회를 열기도 했다.

이제 이렇게 개발한 신기술을 어떤 업체에 이전해줄 것인지를 결정해야 했다. 결국 1978년에 설립돼 금성사에 전기밥솥을 주문생산 방식으로 납품하고 있었던 성광전자가 파트너로 선정되었다. 바로 이 업체가 현재 우리가 알고 있는 쿠쿠전자의 전신이다. 성광전자는 IMF 구제금융 직후의 위기 상황 속에서 '쿠쿠'라는 독자 브랜드로 제품을 출시하기 시작한 이래 인덕션 가열(IH) 방식과 전기압력밥솥, 돌솥 내솥 등의 기술을 바탕으로 새로운 제품을 속속 내놓아 좋은 평가를 받으며 오늘날에 이르렀다.

쿠쿠, 혹은
한국인의 밥을 이룬 것

쿠쿠전자의 성공 비결에 관심을 갖는 사람들은 주로 과감한 마케팅 전략에 주목하는 경향이 있다. 하지만 쿠쿠 성공 신화의 밑바탕에는 1980년대 이후 한국 사회 전반의 경험이 응축되어 있다. 가장 직접적인 배경은 코끼리표 밥통을 둘러싼 소동과 국가 간 자존심을 건 기술 경쟁이었다. 20년에 걸친 경제 개발 계획으로 어느 정도의 경제 수준에 도달한 한국인들은 이제 선진국으로부터 일방적으로 기술을 도입하는 것을 넘어 스스로 기술을 개발하기 위해 노력하는 단계에 진입했던 것이다. 1990년대 이후 세계 시장에서 쿠쿠전자의 약진은 이러한 전략이 어느 정도 성공을 거두었음을 보여준다.

이와 더불어 빼놓지 말아야 할 것은 바로 맛있는 밥을 짓기 위해 오랜 시간 경험을 쌓아온 주부들의 노고다. 테크놀로지가 삶의 필요로부터 구현되는 과정에서 그 디테일을 부여하는 것은 결국 인간의 노력과 노하우라는 점에서 말이다. 인간의 노동을 대신한다는 테크놀로지는 사실 인간의 노동 과정을 통해서만 개발되고 작동할 수 있다. 그리고 이러한 노동절약형 테크놀로지가 과연 약속만큼 인간의 노동을 줄여 주었는지에 대해서는 아직 질문이 남아 있다.

컴퓨터

정보화 시대의 대차대조표

우리 집에 처음으로 '컴퓨터'라는 물건이 들어온 것은 1989년에서 1990년으로 넘어가는 겨울의 일이었다. 자세한 정황은 기억이 나지 않지만 아버지 회사에서 약간 저렴한 가격에 컴퓨터를 파는 외판원이 들렀던 모양이다. 아마도 '요즘 아이들 교육을 위해서 컴퓨터 한 대 정도는 들이셔야죠' 정도의 멘트를 날렸으려나. 고민 끝에 마침 고등학교 입학을 앞둔 아들이 있으니 앞으로 도래할 미래사회에서의 적응을 돕기 위해서라도 이 정도 투자는 할 만하다고 생각하셨으리라.

며칠 후 집으로 컴퓨터가 배달됐다. '16비트' 또는 '286'

이라고 불렸던 IBM 호환 모델이었다. 미국 IBM에서 개인
용 컴퓨터(PC)로 1984년에 처음 만든 구조를 본떠서 한국
의 삼보컴퓨터가 만든 제품이었다.

내 인생의
첫 번째 컴퓨터

사실 우리 집에는 컴퓨터를 사용할 만한 사람이 없었다. PC
초창기의 딜레마가 여기에 있었다. 컴퓨터 회사는 쓸 필요
도, 이유도 없는 사람들에게 '개인용' 컴퓨터를 어떻게 팔
수 있었을까. 1980년대 후반 한국에서는 이런 경우에 마법
의 주문 같은 것이 바로 '교육용'이라는 말이었다. 이 단어에
웬만한 중산층 가정은 PC 한 대씩을 집에 들였을 것이다.

　당시 IBM AT 컴퓨터는 인텔 80286 마이크로프로세
서를 장착했고, 16MB의 메모리, 20MB를 담을 수 있는 하
드디스크 드라이브, 그리고 두 개의 5.25인치 플로피디스
크 드라이브를 갖고 있었다. 현재 기준으로 생각하면 볼품
없는 스펙이지만 당시로서는 최첨단 테크놀로지의 집약
이었다. 1980년대 중반 이후 PC의 대중화를 이끈 IBM의
286 컴퓨터는 미국의 반독점 규제 정책에 따라 누구나 이
용할 수 있도록 그 설계 구조를 공개할 수밖에 없었다. 이
기회를 대만의 컴퓨터 제조업체들은 놓치지 않았다. 대만산

'IBM 호환 모델'들은 저렴한 가격과 뛰어난 품질을 바탕으로 세계 시장을 장악해갔다. 삼보컴퓨터를 비롯한 국내 컴퓨터 업체들은 국내 시장을 빼앗기지 않기 위해 치열한 영업 활동을 벌였다. 그 와중에 우리 집에까지 컴퓨터가 들어오게 됐던 것이다.

설치를 마치고 컴퓨터를 켜자 한참을 웅웅 소리를 내며 돌아가더니 마침내 모니터에 글자가 나타나기 시작했다. 검은색 바탕에 초록색 글씨였다. 이해할 수 없는 영어 단어가 나열되고 가장 밑에 "C:₩>"라고 표시됐다. 그리고 그 옆에 커서가 깜박거리고 있었다. 내가 컴퓨터로 당장 할 수 있는 일은 많지 않았다. 당시 내가 보유한 컴퓨터에 대한 지식은 중학교 1학년 때 동네 컴퓨터 학원에서 '애플II' 컴퓨터로 베이직(BASIC) 언어를 몇 개월 동안 배운 것이 전부였다. 몇 가지 간단한 명령어를 배워 1부터 100까지 더하는 프로그램을 만든다든지, 무작위로 네 자리의 숫자를 생성한 후 맞추는 게임을 만드는 정도였다. 게다가 도스(MS-DOS) 기반의 운영 체제는 낯설었다. 결국 컴퓨터에 경험이 있는 친구들의 도움을 받을 수밖에 없었다. 수소문 끝에 컴퓨터를 제대로 활용하기 위해서는 소프트웨어를 구해야 한다는 사실을 알게 됐다. 소프트웨어 없는 컴퓨터는 그저 깡통에 불과했다.

소프트웨어는 동네 컴퓨터 가게에서 구할 수 있었다. 그 무렵 동네마다 몇 군데씩 있었던 컴퓨터 가게에서는 컴퓨터 관련 소모품을 판매하고 고장난 컴퓨터를 수리해주기도 했지만 주로 각종 프로그램을 (불법으로) 복제해 판매하는 일이 주 수입원이었다. 카운터 위에 놓인 비닐 파일 폴더 안에는 가게에서 보유하고 있는 소프트웨어 목록이 있었다. 선택을 마치면 주인아저씨가 해당 프로그램이 담긴 5.25인치 플로피디스크를 컴퓨터에 넣고, 빈 플로피디스크로 복사했다. 한 장을 복사하는 데 몇 분 정도 걸렸다. 간단한 프로그램은 한 장으로 충분했지만, 복잡한 것은 여러 장의 플로피디스크에 나누어 담아야 했다. 내 또래의 친구들은 대개 이런 방식으로 당시에 유행하던 여러 컴퓨터 게임을 접하게 됐다. 컴퓨터 게임을 통해 컴퓨터 사용법에도 자연스럽게 익숙해졌다.

컴퓨터, 문서편집기에서
전 세계를 연결하는 창구가 되다

이때까지의 컴퓨터는 그저 게임기이자 문서편집기에 불과했다. 외부의 정보를 컴퓨터에 입력할 수 있는 방법은 플로피디스크에 프로그램을 복사해 구동하는 것뿐이었다. 내게 컴퓨터의 의미가 통신기기로 바뀌게 된 것은 대학 입학 후 PC통신을 시작하면서부터였다. 수소문 끝에 '모뎀' 카드를 샀다. 이것을 컴퓨터에 설치하는 것부터가 문제였다. 본체 뒷면의 나사를 풀고 기판에 적절한 위치를 찾아 카드를 꽂고 긴 전화선을 구해 연결했다. 모뎀을 통해 나의 컴퓨터는 바깥세상과 연결됐다. 컴퓨터에 연결된 전화선을 통해 데이터를 주고받을 수 있게 된 것이다. 이 무렵 PC통신을 경험한 사람이라면 01410이라는 접속번호와 "삐~삐~ 치이익" 하는 접속음 소리를 기억할 것이다. 나는 한동안 밤마다 '하이텔'에 접속해 시간을 보냈다. 게시판에서 다른 사람들이 쓴 글을 읽거나 채팅방에서 시덥잖은 이야기를 나누다 보면 시간이 훌쩍 지나갔다.

이처럼 내가 대학을 다니던 1990년대 초중반에 컴퓨터와 그 연결망은 서서히 우리 생활 깊숙이 침투해 들어왔다. 대학 입학 초기에는 컴퓨터의 문서편집기를 이용하는 사람이 많지 않았다. 1학년 때 들었던 '동양 미술의 이해'라는 교양 과목에서는 심지어 기말 리포트를 200자 원고지에 작성한 후 노끈으로 묶어 제출하라고 할 정도였다. 그러던 것이 2~3학년이 되자 프린터로 인쇄한 리포트를 제출하는 것이 당연한 일이 됐다. 프린터도 처음에는 소음이 심한 도트 매트릭스 프린터를 쓰다가 잉크젯 프린터가 나왔고, 곧 사진까지 선명하게 인쇄할 수 있는 레이저 프린터 시대가 열렸다. 대학을 졸업할 무렵이 되자 인터넷에 눈을 뜨기 시작했다. @가 이메일을 나타내는 표기라는 것을, www가 '월드와이드웹'의 약자라는 사실을 알게 됐다. 마이크로소프트 사에서 운영하는 핫메일(hotmail) 서비스를 통해 첫 이메일 주소를 만든 것이 이때였다.

점점 얇아지는 컴퓨터와
빨라지는 인터넷으로부터
우리가 잃은 것과 얻은 것

이렇듯 1980년대 후반부터 약 10년 동안 한국에서 내가 경험했던 컴퓨터는 엄청나게 빠른 속도로 변화했다. 이는 어느 정도의 경제적 수준을 갖춘 세계 모든 나라에서 공통적으로 일어난 현상이었다. 이러한 변화는 컴퓨터의 핵심 부품인 반도체 기술의 끊임없는 발전에 힘입은 것이었다. 매년(또는 18개월마다) 처리 용량이 배가된다는 '무어의 법칙'에 따라 컴퓨터 칩은 지수적인 성능 향상을 이루었다. 이후의 컴퓨터들은 시간이 지날수록 점점 성능이 높아지고, 무게는 가벼워졌으며, 가격은 저렴해졌다. 나아가 1970년대 초 과학자들의 연구망으로 시작된 인터넷은 1990년대 들어 세계 각국을 연결하는 통신망으로 성장해 누구나 접속할 수 있는 상업적 서비스가 본격적으로 시작됐다. 바야흐로 '정보화'의 물결이 정신없이 밀어닥친 것이었다.

그 이후의 이야기는 우리 모두 잘 알고 있다. 1990년대 후반 이후 한국은 'IT강국'이라고 불릴 정도로 훌륭한 디지털 인프라를 갖춘 나라가 됐다. 전 국민이 하나씩 들고 다닌다고 보아도 무방한 스마트폰은 불과 30년 전의 컴퓨터와 비교할 수 없을 정도로 뛰어난 성능을 갖고 있다. 게다가 코로나19 사태 이후 정부에서 발표한 '한국형 뉴딜 정책'에 따르면 디지털 인프라를 더욱 고도화해 빅데이터와 인공지능 등 새로운 첨단 테크놀로지를 활용할 수 있는 기반을 마련한다는 기존의 방향을 유지하기로 마음먹은 것으로 보인다. 한편으로는 미래의 컴퓨터 테크놀로지가 가져올 편리함과 효율성을 기대하지만, 다른 한편으로는 정보기술의 어두운 측면이 우려되기도 한다. 이 대목에서 지난 사반세기의 경험을 바탕으로 대차대조표를 작성해 보는 것이 필요한 이유이기도 하다. 내가 처음 개인용 컴퓨터를 접했을 때와는 비교도 할 수 없는 속도로 발전해가는 정보기술의 바다에서 그저 흘러가는 게 아니라 무엇을 얻고 무엇을 잃어버렸는지, 놓치고 있는 것은 무엇인지 지켜볼 필요가 있다.

테크놀로지란, 마스크라는 간단하고 단순한 사물에서 컴퓨터와 인터넷이라는 복잡하고 거대한 시스템에 이르기까지 다양한 모습으로 우리의 삶 속에 녹아 있다. 이 모든 항목들을 포괄적으로 설명할 수 있는 단 하나의 틀을 만들기란 사실상 불가능하다. 문제는 우리가 어떤 의도로 기술을 사용하고, 어떤 경우에 기술적 해결책을 찾으려 하며, 그렇게 도입된 기술이 인간 사회에 어떤 영향을 미치는지에 대해 생각해보는 것이다. 이제 본격적으로 인간과 테크놀로지의 다양한 관계 맺음에 대해 살펴보도록 하자.

PART 2

도 시 는
무 엇 으 로
구 성 되 어
있 나

에어컨

공기로 삶이 나뉘다

언제부터인가 도시에 사는 사람들은 에어컨과 실외기라는 연결된 두 개의 기계 장치를 통해 실내와 실외를 구분하게 되었다. 에어컨이 적정한 온도와 습도의 공기를 뿜어내는 곳은 실내다. 하지만 이 쾌적한 공기는 무(無)에서 만들어지는 것이 아니다. 실외기가 딱 그만큼의 불쾌한 열기와 소음, 그리고 응축수를 내가 거주하는 공간 밖으로 내보내기 때문에 가능한 일이다. 한여름 고층 빌딩 사이의 골목을 걸으면 다닥다닥 붙어있는 실외기들이 내뿜는 열풍을 온몸으로 체험할 수 있다. 작용과 반작용이다. 쾌적한 공기라는 편의는 사실 타인의 고통을 전제하고 있다는 점에서 에어컨은 대단히 이기적이고 이중적인 테크놀로지이다.

에어컨, 공기를 지배하려는
인간의 욕망

오늘날 우리는 에어컨을 냉방기로 알고 있지만, 애초에는 대규모 작업장의 습도를 정밀하게 조절하기 위한 장치로 개발되었다. 습도 유지가 필요한 대표적인 업종은 인쇄업이었다. 습도 변화에 따라 종이가 수축과 팽창을 거듭하면서 고품질의 인쇄 작업을 불가능하게 만들었기 때문이다. 1902년 뉴욕주 브루클린의 한 인쇄 공장이 엔지니어 윌리스 캐리어(Willis Carrier, 1876~1950)에게 이 문제를 해결해달라고 의뢰했다. 캐리어는 구리로 만든 코일에 냉각제를 채우고, 그 위로 공기를 통과시키는 방식으로 습도를 조절할 수 있다는 것을 발견했고 이 아이디어로 1904년에 특허를 출원했다. "공기 조절 장치(An Apparatus for Treating Air)"라는 제목의 특허는 "공기에 포함된 액체 입자와 고체 불순물을 차단하여 분리"하는 것을 목적으로 했다.

말하자면 자연 상태에서 규칙적·불규칙적 변화를 반복하는 공기의 상태를 인공적으로 균질하게 만드는 것이 에어컨의 목적이었다. 이는 그 이름에서부터 잘 드러난다. 에어컨은 '에어 컨디셔너(air conditioner)'의 준말인데, 영어의

'컨디션(condition)'이라는 동사는 '길들이다, 훈련시키다'라는 의미를 갖고 있다. 즉 캐리어의 발명은 인간이 야생마를 길들여 운송 수단으로 삼는 것처럼, 자연 상태의 공기를 '조련'해 산업 현장 또는 인간 생활에 최적의 조건을 만들어내기 위한 것이었다. 일단 습도를 마음먹은 대로 조절할 수 있게 되자, 곧 온도도 통제의 대상으로 삼았다. 에어컨은 공기의 질 자체를 좌지우지할 수 있게 된 인간 지배력의 확장을 보여주는 발명이었다.

이렇게 만들어진 에어컨은 20세기를 거치면서 미국 사회를 통해 세계로 퍼져나갔고, 각지에서 일상생활의 심대한 변화를 이끌어냈다. 에어컨이 전파됨에 따라 이 기술에 내재된 근대적 욕망, 즉 자연을 인간의 편의를 위해 통제할 수 있다는 믿음 역시 널리 확산되었다. 에어컨은 처음에는 주로 정밀한 제조 작업을 하는 공장에서 사용되었지만, 곧 백화점과 영화관처럼 많은 사람들이 모이는 장소에서도 찾아볼 수 있었다. 영화계에서 '여름 블록버스터'로 불리는 제작 문화가 생겨난 것은 거의 전적으로 에어컨 덕분이라고 말할 수 있다. 가정용 에어컨은 1930년대 초에 처음 나타났는데, 제2차 세계대전이 끝나고 난 후에는 대중용으로 사용될 정도로 값싼 제품이 등장했다. 이로써 에어컨은 미국발 자본주의 소비문화의 대표적인 테크놀로지로 등극했다.

그리고 앞에서 지적했듯 이기적이고 이중적인 테크놀로지로서의 부작용도 극명해졌다. 1960년대 초 각 가정에서 앞다투어 에어컨을 설치하기 시작하자 대도시의 무더운 여름 거리는 실외기가 쏟아내는 열기로 견딜 수 없을 지경에 이른 것이다. 그리고 그 피해는 주로 쾌적한 실내를 점유할 수 없는 가난한 사람들에게로 간다. 같은 도시에 살더라도 사람들이 마시는 공기는 서로 다르다. 다른 것이 공기뿐만은 아닐 것이며, 실내의 사람들이 외면하는 것이 실외기만은 아닐 것이다.

극소수의 사치품이었던 에어컨이 집집마다 설치되기까지

한국에서도 1960년대 초부터 에어컨이 보급되기 시작했다. 당시 신문을 살펴보면 1960년에 "전기냉방기(에어콘듸숀아)" 광고가 눈에 띈다. 미국 웨스팅하우스 전기회사의 한국 총대리점인 화신산업에서 직수입해 판매한다는 내용이었다. 1962년에는 연세대학교 의과대학이 대규모 국제 원조 자금을 이용해 신촌의 "메디컬 캠퍼스"로 이전하게 되었다는 소식이 게재되었다. 최신식 시설을 갖춘 "동양 최대"의 교사(校舍)는 원자 치료실, 라듐 치료실, X선 치료실 등 특수 의료 시설과 함께 "에어컨디숀" 장치를 완비했다. 이렇듯 1960년대 한국에서 에어컨은 영화관, 은행 등 대규모 사무용 공간 또는 병원 등 특수 시설에서나 찾아볼 수 있었고,

개인용으로는 극소수 상류층만이 향유할 수 있는 사치품에 머물렀다.

　이러한 상황은 1960년대 후반이 되자 서서히 변화하기 시작했다. 1968년에 한국 최초로 금성사가 미국 제네럴 일렉트릭사와 기술 제휴를 맺고 한국의 기후에 알맞게 제습 기능이 강조된 '금성에어콘'을 출시했다. 그해 전국에 보급된 에어컨 대수는 17,400대에 달했다. 에어컨을 작동하기 위해서는 그 배후에 그것을 뒷받침하기 위한 전력을 생산할 필요가 있었다. 경제개발계획의 추진과 함께 한국전력은 빠른 속도로 전력망을 확충해나갔으나 역부족이었다. 가정용 전기는 제한 송전을 반복하는 형편이었다. 게다가 1967년과 1968년에 닥친 극심한 가뭄으로 수력 발전소의 전력 생산이 차질을 빚을 것으로 예상되었다. 이러한 상황 속에서 사치품인 에어컨이 가장 먼저 철퇴를 맞았다. 결국 1968년 5월, 김정렴(金正濂, 1924~2020) 상공부 장관은 전력 부족에 대비하기 위해 그해 여름이 끝나는 9월까지 에어컨 사용을 불허한다는 방침을 발표했다. 산업용으로 쓰기에도 부족한 전기를 에어컨 같은 사치품을 작동하는 데 사용할 여유까지는 없었던 셈이다.

　이러한 조치에도 불구하고, 혹독한 바깥 날씨와 상관없이 쾌적한 실내 환경을 만들어주는 에어컨의 확산을 막을 수는 없었다. 1970년에 한 일간지에서 "최근 우리나라에도 사무실, 극장, 심지어 다방에까지 냉방 장치로 에어콘디쇼

너를 다는 붐"이 일고 있다고 평가할 정도로 에어컨은 불과 10년 만에 우리의 일상생활 곳곳에 들어오게 되었다. 이후 한국 사회에 보급된 에어컨의 수는 꾸준히 늘어 현재는 가구당 0.8대를 훌쩍 넘어선다.

이것은 무엇을 말하는가. 한때 모두에게 공평하게 주어졌던 '공기'는 불평등한 현상이 되었고 여름은 불공평한 계절이 되었다. 이 무렵 등장하기 시작한 '중산층'의 안락한 생활을 위해 그에 포함되지 못한 계층의 현실은 더욱 가혹해졌다. 특히 많은 사람들이 좁은 지역에 모여 살게 된 서울과 같은 메트로폴리스에서 쾌적한 환경을 소비할 수 있는 사람들의 편의와 그로 인한 불평등의 심화는 어렵지 않게 찾아볼 수 있는 현실이 되었다.

**실내의 편의와 실외의 피해를
맞바꾸는 악순환**

공기는 도시에 갇혀 있는 것이 아니고, 에어컨의 영향 역시 한 지역에 국한되지 않는다. 에어컨의 사용이 일반화되면서 그 야누스적 속성 역시 지구화되었다. 에어컨 냉매(冷媒)로 널리 이용되던 염화불화탄소(CFC), 즉 프레온 가스가 오존층을 파괴해 지구온난화를 가속시킨다는 사실이 밝혀진 지도 오래다. 1990년대 이후 국제 사회는 몬트리올 의정서

협약을 통해 프레온 가스를 단계적으로 전면 퇴출시키기로 결정했다. 한국 역시 1980년대까지 냉장고와 에어컨, 각종 스프레이 제품에 프레온 제품을 사용했으나, 앞으로 프레온 가스는 물론 '친환경' 냉매로 알려져 있는 수소불화탄소(HFC) 냉매 역시 2024년부터 사용을 규제할 예정이다.

하지만 이 정도의 조치로 기후위기의 급속한 진행 속도를 늦출 수 있을까? 매년 '역대 최고 폭염' 기록은 경신되고, 각자도생의 냉방 기술 역시 다양하게 쏟아져 나온다. 나의 사적(私的) 공간의 쾌적한 공기를 유지하는 데에 그 밖의 공간에서 비용이 지불되고 있다는 사실을 인식하면서도, 우리는 좀처럼 기술적 편의에 길들여진 습관을 버리지 못한다.

전력망

콘센트 너머
보이지 않는 노동들

내가 어렸을 때인 1980년대까지만 해도 종종 정전이 되곤
했다. 갑자기 전기가 나가면 어머니는 우선 두꺼비집부터
확인했다. 대문 옆에 있는 철제 상자를 열면 그 안에 전선
이 복잡하게 얽혀 있었고, 그 아래로 여러 개의 스위치가 설
치되어 있었다. 각 스위치를 켜거나 끄면 집 안 특정 구역에
전기를 공급하거나 차단할 수 있었다. 그 중 하나만 꺼져 있
다는 것은 그 구역에서 지나치게 많은 전기를 한꺼번에 사
용했기 때문에 화재 예방을 위해 자동으로 전원이 차단되
었다는 의미였다. 이런 경우 전기를 많이 잡아먹는 기기를
끈 후 스위치를 다시 올리는 것만으로 간단하게 문제를 해

결할 수 있었다. 한계치 이상의 전류가 흘러 퓨즈가 끊어지는 경우도 있었지만, 흔한 일은 아니었다.

두꺼비집을 확인하는 것으로 문제가 해결되지 않을 때 사태는 심각해졌다. 그럴 때면 이웃의 전기도 나갔는지 확인하는 것이 중요했다. 동네 전기가 한꺼번에 나갔다면 그것은 우리 집이 아니라 더 큰 단위에서 문제가 생겼다는 것을 의미했다. 아파트 단지로 전기를 끌어오는 전봇대에서 전선이 끊어졌을 수도 있고, 지역 변전소에서 보수 작업을 하다 무언가 잘못 건드렸을 수도 있다.

어느 쪽이 되었든 당장 그 원인을 파악할 수는 없었다. 그때는 그것이 거대한 자연 현상처럼 느껴지기도 했다. 인간의 힘으로 어쩔 수 없는 사태에 맞닥뜨리면 인간의 힘으로 대처할 수 있는 방법을 찾아야 했다. 최선은 '양초'였다. 우리 집만의 문제가 아니라는 것이 확인되면 어머니는 찬장에서 흰 양초를 여러 개 꺼내 불을 밝혔다. 그때는 집집마다 양초와 성냥은 필수품이었고, 어둠 속에서도 쉽게 찾을 수 있는 곳에 보관했다. 텔레비전을 볼 수도 없고 책을 읽을 수도 없게 되면 일찍 잠자리를 펴고 잠을 청했다.

그로부터 40년이 지난 지금 한국을 사는 우리에게 전기는 공기(空氣)와도 같다. 이는 전기의 존재 자체를 의식하지 못할 정도로 전기가 우리의 삶에 스며들어 있다는 뜻이다. 언제든 스위치를 넣으면 조명이 켜지고 각종 기기에 전원이 들어온다. 콘센트에 충전기를 꽂아 배터리를 충전하는 것은 (일부 사람에게는) 먹는 것보다 중요한 일이다. 하지만 너무도 당연하게도 이것은 전혀 당연하거나 자연스러운 일이 아니다.

보이지 않는 힘이
상용화되기까지

전기는 한때 무척 신비한 테크놀로지였다. 전선을 타고 전달되는 에너지는 눈에는 보이지 않지만 엄청난 힘을 갖고 있다. 사람이 전선을 잘못 건드리면 감전돼 목숨이 위험해지는 경우도 생긴다. 이러한 특성 때문에 인류는 전기라는 현상을 비교적 최근까지 제대로 이해하지 못했다. 호박(琥珀)을 비비면 정전기가 발생한다는 것은 일찍이 알려져 있었지만, 과학자들이 전기와 자기가 서로 긴밀하게 영향을 주고받는다는 사실을 알아낸 것은 19세기 초가 되어서였다. 자석이 만들어낸 자기장 속에서 도체를 움직이면 전류가 발생한다. 반대로 전류가 흐르는 도체는 자기장 속에서 힘을 받아 움직이게 된다. 이러한 원리를 바탕으로 운동 에너지를 전기 에너지로, 또 그 반대로 변환하는 장치들을 만들어낼 수 있게 되었다. 전기장과 자기장은 눈에 보이지 않기 때문에 이를 효과적으로 이해하고 설명하기 위해서는 수학이라는 언어에 의존해야만 했다.

전기의 힘이 본격적으로 상용화된 것은 19세기 후반이 되어서였다. 널리 알려져 있듯이 발명가 토머스 에디슨(Thomas A. Edison, 1847~1931)이 최초의 전기 사업을 시작했던 것은 1882년의 일이었다. 그는 맨해튼 남단의 펄 가에서 석탄을 연료로 하여 여섯 대의 발전기를 가동했다. 그렇게 생산된 전기는 400여 개의 전구에 불을 밝혔다. 사업가로서의 수완이 뛰어난 에디슨은 금세 사업을 확장해나갔다. 곧 세계 각국에서 에디슨 발전기와 전구를 구입하겠다는 주문이 쇄도했는데, 그중 한 곳이 아시아의 조선이라는 나라였다. 조선 정부는 에디슨 전기회사로부터 경복궁 내에 백열등 750개를 켤 수 있는 규모의 발전기를 구매했다. 에디슨이 처음으로 전기 사업을 시작한 지 5년이 채 지나지 않았을 때였다. 이렇듯 전기 기술은 꽤 빠른 속도로 지구 전역으로 퍼져나갔다.

조선인들은 왜
전차에 불을 질렀을까

한반도 주민들이 처음 전기를 접한 계기는 짐작건대, 극소수 상류층이나 쓸 수 있었던 전등이 아닌 '전차'였을 것이다. 조선의 임금 고종은 1897년 대한제국을 선포한 직후 설립된 한성전기회사를 통해 전차 사업을 시작했다. 당시 한

성의 전차는 현재의 지하철 1호선과 비슷한 노선을 따라 용산에서 출발해 남대문과 종로를 거쳐 청량리까지 운행했다.

전기의 신비로운 힘은 때로 대중들의 저항에 직면하기도 했다. 1889년 여름의 일이었다. 한 미국인 의사의 회고에 따르면 열대야를 피해 집 밖으로 피신한 일군의 사람들이 시원한 전차 철로를 베개로 삼아 잠을 자다가 새벽에 운행을 시작한 첫 전차에 치여 사망하는 사고가 발생했다. 예기치 않은 사고에 군중은 분노할 수밖에 없었고, 급기야 전차를 전복시키고 불까지 지르는 사건이 발생했다. 새로운 테크놀로지가 그 편리함과는 별개로 사회·문화적으로 자리잡는 데에는 적응 과정이 필요하다는 것을 보여주는 슬픈 에피소드다.

20세기 들어 한반도의 전력망은 그 규모를 점차 키워 갔다. 일제 강점기를 거치면서 한반도 이북 지역에는 흥남의 대규모 화학 공장에 필요한 전기를 공급하기 위해 거대한 수력 발전소들이 만들어졌다. 덕분에 한반도는 당시 기준으로 전기가 풍족한 편이었다. 1935년에 장진강과 평양을 잇는 고압 송전선이 가설되었고, 1937년에는 평양과 경성이 연결되었다. 이로써 한반도 전역이 단일 고압 송전망으로 연결되었다.

하지만 해방과 분단 과정을 거치면서 새로운 문제가 생겼다. 전력 대부분이 38선 이북의 수력 발전소에서 만들어지는 상황에서 분단이 되자 이남 지역의 전력 수급에 비

전력망

상이 걸렸다. 이 문제는 단기간에 해결될 수 있는 것이 아니었다. 1961년부터 한국의 전기 사업을 담당하게 된 한국전력은 한국전쟁이 끝나고도 10년 이상 지난 1964년에야 비로소 격일제 송전이나 시간제 송전과 같은 제한 송전을 철폐할 수 있었다. 하지만 '무제한 송전'을 선언한 후에도 정전은 오랫동안 한국인에게 일상다반사였다.

전기가 공기가 되기까지,
그 배후에는

전기를 공기처럼 누리고 있는 현대의 우리가 기억해야 할 것은 무심한 듯 벽에 설치되어 있는 콘센트의 배후에는 거대한 전력망 인프라가 버티고 있다는 점이다. 한반도 동남권의 원자력 발전소나 서해안의 화력 발전소에서 만들어진 전기는 초고압 송전로를 타고 필요한 지역으로 전달된다. 해당 지역에 도달한 전기는 변전소에서 가정이나 공장에서 사용하기에 적합한 전압으로 바뀌어 최종 목적지까지 배달된다. 발전-송전-변전-배전이라는 일련의 과정에서 어느 한 군데라도 문제가 생기면 정전이 된다. 이렇게 보면 때때로 정전이 일어나지 않는 것이 오히려 신기한 일이 아닌가. 최근 들어 정전이 매우 드물어진 것은 전기 기술의 정교화도 한몫했겠지만, 복잡한 전력망 인프라를 유지·보수하는 노동에 힘입은 것이다.

　이러한 노동을 제공하는 사람들은 평소에는 쉽게 눈에 띄지 않는다. 가끔 정전이 일어났을 때 다시 전기가 들어올 때까지 '사람들은 도대체 뭘 하고 있는 거야?'라고 불만을 터뜨릴 때 그 '사람들'이다. 이들은 한국전력이나 그 자회사, 또는 하청업체 소속의 직원들인데, 전력 시스템이 정상적으로 돌아가고 있을 때는 우리의 시야에서 사라졌다가 문제가 생기면 주목의 대상이 된다. 이들은 전봇대에 올라가 부품을 교체하는 단순한 유지·보수를 하는 사람들부터, 전력망 전체의 균형을 유지하는 고도의 작업을 수행하는 전문가들에 이르기까지 다양하다. 보통 전자에 해당하는 일은 쉽게 상상하면서도 후자에 대해서는 좀처럼 그려지지 않는 이들이 많을 것이다. 후자에 해당하는 사람들이 어떤 일을 하는지는 경제학자 우석훈의 장편소설 『당인리』에서 엿볼 수 있다. 이 소설은 전국 대정전이 발생했을 때 전력을 복구하기 위해 얼마나 복잡한 과정이 필요한지 잘 보여준다.

　전력망 인프라와 같은 대규모 기술 시스템은 근본적으로 보수적으로 운영될 수밖에 없다. 무언가 바꾸기 위해서는 연결된 수많은 다른 요소들을 동시에 변경해야 하기 때문이다. 배전 전압을 100V에서 220V로 승압했던 일은 이를 잘 보여주는 사례다. 이 사업은 1967년에 시작돼 2005년까지 지속됐다. 이렇듯 초장기 프로젝트로 진행될 수밖에 없었던 이유는, 전압을 올리기 위해서는 공급자 측의 변화만 요구되는 것이 아니라 개별 소비자들이 가진 수많은 장치 역시 모두 바뀌어야 했기 때문이었다.

전기는 도시의 벽돌과도 같다. 어떤 테크놀로지는 이렇게 가시적이고 개별적인 실체가 아닌 토대로서 존재한다. 그럴수록 그것을 떠받치는 인간의 노동도 보이지 않게 된다. 우리는 일상의 테크놀로지가 폭넓고 복잡한 배후의 인프라를 통해 작동한다는 점을 이해해야 한다. 테크놀로지를 이해한다는 것은 보이지 않는 곳에서 제 기능을 수행하는 기술적 요소들과 그것들이 원활하게 작동할 수 있게 해주는 수많은 사람들을 필사적으로 인식하는 것이라는 점 역시 말이다.

수돗물

언제나 불완전한 인프라

수도꼭지를 틀면 물이 나오는 게 너무나도 자연스러운 세상에서, 그 물이 어디로부터 오는지 골똘히 생각해보는 사람은 많지 않을 것이다. 서울 시민들에게 공급되는 수돗물의 기원은 이러하다. 바닷물이 증발해 공기 중으로 떠올라 수증기가 된다. 대기 중의 수증기는 기상 조건에 따라 응결해 비와 눈의 형태로 다시 떨어진다. 이렇게 다시 땅으로 돌아온 물은 산간 지대에서 작은 개울을 이루어 낮은 지대로 내려온다. 물은 내려오면서 지류와 지류가 합쳐져 점점 큰 물의 흐름을 만들어낸다. 그렇게 자연의 힘으로 형성된 한강 상류에 네 곳의 취수장(取水場)이 설치돼 있다. 취수장으

수돗물

로 들어온 한강 물은 정수센터에서 오존 유기물 질산화 등 처리 과정을 거치면서 불순물이 제거된 후 각종 약품 처리가 이루어진다. 이렇게 해서 사람이 마실 수 있는 물로 만들어지는 것이다. (이에 대해서는 서울시 성동구에 위치한 수도박물관을 방문해 볼 것을 권한다.)

수돗물은 수도꼭지에서 나오는 것이 아니다. 이처럼 긴 테크놀로지의 여정을 거쳐 온 결과다. 한 방울 한 방울이 기나긴 여정의 총체다. 게다가 적절한 수질의 수돗물을 시민들에게 공급하기 위해서는 상당히 복잡한 인프라가 필요하다. 깨끗한 식수는 인간 생존에 필수적인 요소라는 점을 감안했을 때, 적절한 품질의 수돗물을 공급하는 일은 국가가 담당하는 중요한 사업 중 하나가 된다.

인프라는 정상 작동시에는, 보이지 않는다

한강 상류의 정수센터에서 '만들어진' 물을 서울 시내 각 가정으로 공급하는 상수도관은 땅속에 묻혀 있다. 이 관의 길이는 2007년 기준 무려 14,027킬로미터에 이른다. 1982년에 약 4,200킬로미터였던 데 비해 세 배 이상 늘어났다. 도시가 확장되고 인구가 증가하면서 그만큼 수돗물에 대한 수요도 많아졌기 때문이다.

이 어마어마한 상수도 네트워크는 평소에는 우리 눈에 띄지 않다가 "상수도 공사중"이라는 표지판 아래에서만 모습을 드러낸다. 수도관에 문제가 생기면 아스팔트를 뜯고 땅을 파서 드러낸 후, 파이프 연결 부위를 분해해 문제를 해결할 수밖에 없기 때문이다.

이렇듯 인프라는 정상적으로 작동할 때 우리의 시선으로부터 사라졌다가, 무언가 문제가 생겼을 때에야 순간적으로 그 모습을 드러낸다. 이는 칠흑 같은 어둠 속에서 번개가 치는 찰나에 물체의 윤곽을 볼 수 있게 되는 것과 같다. 일상생활의 배경으로 후퇴해 잊힌 도시 인프라는 구멍이 뚫렸을 때만 그 존재를 인식할 수 있는 기묘한 존재가 된다. 그렇다면 우리가 망각하고 있는 것은 무엇일까.

복잡한 시스템에 잠재한
'연속적인 실패'

2019년 5월 30일부터 수개월에 걸쳐 인천시 일부 지역과 강화군 일대에 통상 '녹물'이라고 부르는 붉은 수돗물이 나오는 사고가 있었다. 수돗물에 녹물이 섞여 나오는 현상이 드문 일이라고 할 수는 없다. 한강 상류에서 수도꼭지까지 긴 거리를 수돗물이 이동해 오면서 한 군데라도 문제가 생기면 녹물이 나올 수 있다. 대개는 주택 내 수도관 노후가 원인이다. 이 경우는 한참 동안 수돗물을 틀어놓으면 자연스럽게 맑은 물이 나온다. '인천 붉은 수돗물 사태'는 이보다 광범위한 지역에서 오랫동안 문제가 지속되었다는 점에서 예외적인 사건이었다. 이 사태를 통해 우리는 평소에 알지 못했던 몇 가지 사실을 알게 되었다.

사태의 원인을 조사한 인천상수도사업본부와 환경부의 설명에 따르면 취수장에서의 수계 전환이 문제를 일으킨 것이었다. 한강 상류의 풍납취수장에 전기 공사를 하게 되었는데, 공사 시간 동안 인천 지역의 단수를 피하기 위해서는 다른 취수장의 물을 끌어다 써야 했다. 인천상수도사업본부는 풍납취수장보다 더 상류에 위치한 팔당취수장의 물을 공급하기로 결정했다. 그 과정에서 상수도 관로를 흐르는 물의 방향이 바뀌면서 유속(流速)이 2배가량 증가했다. 이 때문에 바닥에 깔려 있던 침전물이 떠올랐고, 상수도관이 꺾이는 부위에 흔히 발생하는 녹이 떨어져 나오면서 붉은 수돗물이 나오게 되었다. 일단 상수도관에 부유물이 떠다니기 시작하면 그것들이 벽면에 부딪히면서 더 많은 부유물이 발생할 가능성도 있었다.

이는 복잡한 기술 시스템에서 "연속적인 실패(cascading failure)"가 일어난다는 '위험 이론'에 부합하는 사건이었다. 시스템이란 수많은 구성 요소들이 연결되어 서로 영향을 주고받는 집합체를 일컫는 말이다. 이 시스템을 구성하는 하나의 요소에 문제가 생기면, 그 영향이 해당 영역에 국한되는 것이 아니라 연결된 다른 요소들과 상호작용을 거쳐 연속적인 실패를 일으킨다. 사회학자 찰스 페로우(Charles Perrow, 1925~2019)는 이러한 이유로 현대사회에서 쉽게 찾아볼 수 있는 복잡한 기술 시스템에서 대형 사고의 발생은 필연적이라고 주장하기까지 했다. 한국의 상수도에서도 물의 흐름을 바꾸는 단순한 결정이 몇 주에 걸쳐 녹물이 나오는 결과로 이어지리라고 누구도 예상할 수 없었을 것이다.

'받아들일 만한 위험'으로
구성된 도시의 삶

2019년 인천 녹물 사태는 우리가 사용하는 수도꼭지 배후에 거대한 인프라가 존재하며, 나아가 그 인프라는 항상 완벽한 상태로 유지될 수 없다는 것 역시 알려준다. 집에서 사용하는 정수기 정도의 규모라면 기계를 분해해 물이 통과하는 관을 세척하거나 통째로 교체할 수 있다. 하지만 서울시에만 14,000킬로미터가 넘는 길이의 서울 시내 상수도 관로를 완벽히 깨끗한 상태로 유지하는 일은 근본적으로 불가능하다. 문제가 생기면 땜질하는 식으로 처방하고, 정해진 일정에 따라 순차적으로 인프라를 교체하는 것이 최선이다. 거대 인프라를 효과적이고 효율적으로 유지·관리하기 위해서는 이처럼 효용과 비용 사이의 균형 감각이 필수적이다.

그래서 유지하고 보수하는 노동과 시스템이 중요하다. 보이지 않는 것을 상시로 예측하고, 관찰하고, 징후를 발견해내는 일에는 품이 많이 든다. 그리고 그것이야말로 수많은 도시 거주민들에게 안정적인 서비스를 제공하기 위한 필수적인 요소이다. 그와 동시에 인간이 세우고 지속시키는 테크놀로지와 인프라가 완벽하지 않다는 것을 받아들이는 것이 필요하다. 즉, 인프라를 "받아들일 만한 위험(acceptable risk)"의 범위 내에서 관리하는 것이 최선이라는 뜻이다. 그리고 어느 정도의 위험을 받아들일지에 대한 정보 공개와 사회적 논의가 꾸준히 필요하다. 100퍼센트 안전하지 않다고 해서 수돗물을 포기해버린다면 더 큰 환경적·사회적 재앙으로 이어질 것이 불 보듯 뻔하기 때문이다.

아파트

절대로 실패하지 않겠다는
호모 아파트쿠스의 꿈

고등학생 시절 우연한 기회에 『키 작은 보헤미안』이라는
책을 읽게 되었다. 1980년대 중반 미국 시카고 근교의 '헨
리 호너 단지'라는 대규모 아파트 단지에 사는 흑인 형제에
대한 이야기였다. 한 저널리스트가 몇 해에 걸친 밀착 취재
끝에 써낸 이 '르포 소설'은 읽은 지 근 삼십 년이 지난 지금
까지 기억에 남는다. 소설 속의 아파트 단지에서는 마약 밀
매가 성행하고 총격전이 심심치 않게 일어난다. 시카고 주
택 당국 관계자들이 아파트 단지의 지하실을 열어 봤을 때
의 모습을 묘사한 장면은 뇌리에 선명하다. 물웅덩이 사이
로 썩어가는 가전제품들과 동물의 사체가 산처럼 쌓여 있

었고 악취는 코를 찔렀다. 이 장면은 호너 단지의 문제점을
집약적으로 보여주는 것이었다.

호모 아파트쿠스의
어린 시절에 아파트는
마을이었다

당시 나에게 그 책이 왜 그렇게 강렬하게 느껴졌을까. 책 속
아파트의 풍경이 내가 살아온 한국의 아파트 풍경과 너무
달라서는 아니었을까. 나뿐만 아니라 아파트에 익숙하고 그
'현대적' 풍경을 동경하도록 길들여진 많은 한국인에게 범
죄의 온상과도 같은 유럽과 미국의 아파트 풍경은 생경했
을 것이다.

나는 1970년대 중반 한국에서 태어나 평생을 아파트
단지에서 살았다. 내가 태어난 곳은 한 지방 공업 도시의 사
택으로 제공되는 아파트 단지였다. 그곳에서 기억나지 않
는 유년 시절을 보낸 후 서울로 올라와 몇 군데의 아파트 생
활을 했다. 그러다가 1976년 '영동AID차관아파트'에 입주
하게 됐다. 5층짜리 건물이 30동으로 총 1500여 세대가 살
던 꽤 큰 아파트 단지였다. 1960년대에 강북 지역에 몇 군
데 아파트가 건설되기는 했지만, 대단지 아파트가 본격적으
로 생겨나기 시작한 것은 1970년대 강남 개발과 함께였다.

우리 가족은 그 흐름에 맞춰 삼성동에 자리 잡았다. 이후 미국 유학생 시절 잠시 단독 주택 생활을 해본 것을 제외하고는 계속 아파트에서 아파트로 옮겨 다녔다. 이를테면 나는 한국에서 평생을 아파트 생활만 해온 첫 세대에 해당한다.

이런 내가 경험한 아파트 생활은 시카고 호너 단지에서의 삶과는 천양지차였다. 영동AID아파트 시절 우리 집은 5층 건물의 1층이었다. 분양가 기준으로 200만원대 후반 정도의 아파트였는데, 위층보다 30~50만원가량 저렴한 1층에 살게 된 것은 당시 취업한 지 얼마 되지 않았던 아버지가 조금이라도 상환 부담을 줄이기 위한 선택이었으리라. 1층은 거실 창문을 통해 집안이 훤히 들여다보여, 입주자들은 베란다에 갈대로 짠 발을 둘러치곤 했다. 하지만 현관 앞 자그마한 잔디밭을 앞마당처럼 사용할 수 있다는 장점도 있었다. 단지의 한편에는 우리 집이, 반대편에는 외삼촌 부부와 외할머니 댁이 있었다. 나는 초등학교 입학 전까지 두 집을 자유롭게 오가며 (사실은 주로 외가댁에서) 생활했다.

영동AID아파트의 입주자는 대개 안정된 직장을 가진 젊은 중산층이었다. 40퍼센트는 공무원, 군인, 언론인에게 우선 분양됐고, 나머지 60퍼센트는 '컴퓨터 추첨'을 통해 일반에 분양됐다. 대부분이 15평형이었기 때문에 두 자녀가 크면 조금 더 큰 아파트로 이사 가는 것이 일반적이었다. 나는 단지 내에서 또래 형들을 쫓아다니며 낮 시간을 보냈다. 적어도 단지 안에서는 아이들끼리 몰려다녀도 별로 위험하지 않다고 느꼈던 것 같다. 아이들은 어울려 딱지치기를 하거나 종이비행기를 날리고, 방아깨비나 풍뎅이 같은 벌레를 잡으러 다니기도 했다. 그러다가 무슨 일로 울면서 집으로 돌아오면 외할머니는 내 손목을 붙잡고 나를 울린 아이를 찾아 나서곤 하셨다. 외국의 도시계획가들은 이 무렵 한강 이남에 지어진 대규모 아파트 단지들을 두고 '병영'이나 '군대 막사' 같다고 평가하기도 했지만, 내가 경험한 아파트 단지는 일종의 마을에 가까웠다.

아파트가 더 이상
주거의 테크놀로지가
아니게 된 순간

이후 1980년대와 1990년대를 거치면서 다시 몇 군데의 아파트 단지를 옮겨 다녔다. 주거 테크놀로지로서의 아파트의 시스템은 점점 복잡해지고 고도화됐다. 차량을 보유한 사람들이 늘면서 지하 주차장이 일반화되었고, 중앙 난방 시스템을 채택하는 아파트가 늘었다. 1990년대 쓰레기 종량제가 실시되면서 재활용 쓰레기와 음식물 쓰레기를 처리하기 위한 장치들도 부가되었다. 인터넷 시대가 도래하면서 아파트에는 초고속 케이블 선이 집집마다 들어오게 되었다. 한국에서 아파트 단지는 점점 자기완결적인 도시로 진화해가

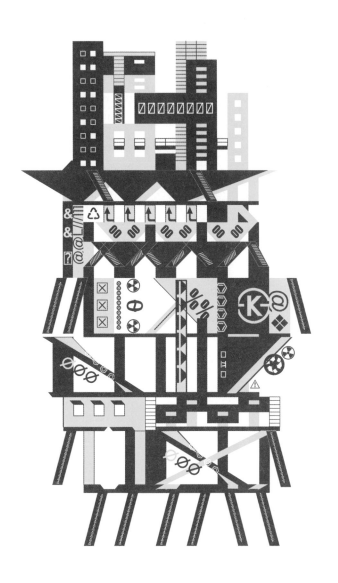

91 아파트

는 듯했다.

그동안 아파트의 높이는 점점 높아졌고 동과 동 사이의 간격은 점점 좁아졌다. 이는 아파트가 더 이상 주거만을 위한 테크놀로지는 아니라는 사실을 반영한다. 아파트는 편리한 주거 공간이라는 본래의 의미를 넘어 재산의 가치를 유지하거나 증식하는 강력한 수단으로서의 의미가 더 커졌다. 건설사 입장에서는 아파트를 지을 땅을 확보하는 데 드는 비용이 올라갈수록 더욱 높게, 더욱 조밀하게 지어 용적률(容積率)을 최대한 높이려 했다. 아파트 불패 신화가 이 과정을 부추겼다. 집값이 오를 것이라는 '미래'가 '현재'의 삶에 개입하면서, 서울의 곳곳은 끊임없이 철거되고 무엇인가를 덮고 또 덮으며 세워졌다.

이렇게 5층 정도의 나지막한 아파트는 점점 자취를 감추고, 수십 층에 달하는 주상 복합 아파트가 솟아올랐다. 사람들이 선호하는 지역에 이러한 아파트 단지들이 우후죽순처럼 생겨남에 따라 주변 지역은 차가 막히고 출퇴근 시간 지하철은 마음을 굳게 먹지 않고는 탈 수 없을 지경이 됐다. 모두 우리의 욕망이 만들어낸 풍경이다.

이런 역사를 지닌 한국의 아파트는 미국이나 프랑스의 아파트와는 뚜렷이 다른 종류의 현상이다. 외국인들이 서울을 방문하면 끝없이 이어지는 고층 아파트 행렬에 놀라곤 한다. 이는 서울에만 한정된 것이 아니라 경부고속도로를 따라가면 나오는 성남, 수원을 지나 동탄, 평택에 이르기까지 수도권 전체에 걸쳐 나타나는 모습이다. 서울이 이러한 모습이 된 원인을 어떻게 설명할 수 있을까. 가장 일반적인 대답은 높은 인구 밀도다. 인구의 절반이 수도권에 모여 살게 되면서 서울과 그 주변 지역의 인구는 1960년대 이후 급속하게 늘어났다. 즉 아파트라는 테크놀로지는 '과포화 상태의 대도시'가 되어버린 서울의 주거 문제에 대한 해결책이라는 설명이다. 정부는 서울의 낮은 주택 보급률을 이유로 들어 1970년대 이후 지속적으로 아파트를 공급했다. 그렇게 장기간 노력했음에도 여전히 서울의 주거문제가 심각하다는 사실은 도대체 무엇을 시사하는 것일까.

아파트가 과포화된 도시의
해결책이 아니라면,
어떤 선택을 해야 할 것인가

평생을 아파트에서만 살아온, 나 같은 '호모 아파트쿠스' 세대가 보지 못하는 것이 있을 수 있다. 이럴 때일수록 객관적인 눈으로 우리의 모습을 살펴보는 외부자의 시선에 귀를 기울이는 것도 현명한 일이리라. 마침 20여 년 전 프랑스 지리학자 발레리 줄레조(Valérie Gelézeau)가 한국의 아파트를 연구하겠다고 서울에 머물렀다. 그로부터 십여 년 후 자신의 연구 결과를 정리해 낸 『아파트 공화국』(후마니타스,

2007)이라는 책에서 줄레조는 서울이 수십 년 단위로 재개발이 일상화된 '하루살이 도시'가 될 것이라고 예측했다. 내게 가장 흥미로운 지적은 아파트 단지의 건설과 재개발이 이루어지면서 용적률은 점점 높아지지만, 인구 밀도는 주택 구조의 변화와 상관관계가 없다는 점이었다. 즉 고층 아파트를 짓는다고 해서 꼭 많은 인구를 수용하게 되는 것은 아니다. 아파트가 과포화 도시의 문제를 해결하지 않는다면 우리는 왜 이런 선택을 한 것인가.

사실 이 질문에 대한 대답을 우리는 이미 알고 있다. 아파트가 욕망의 대상이 됐고, 그것은 아파트만이 계층을 상승하거나 적어도 유지시켜 준다고 생각되기 때문이다. 그 결과 아파트는 거주를 위한 테크놀로지라는 기본적인 기능보다 다른 기능이 훨씬 중요한 테크놀로지가 됐다. 이는 다주택자와 세입자가 점점 늘어나는 주거 양극화로 이어졌다.

어렸을 때 '마을'로 여겼던 아파트 단지와는 너무 달라진, 하늘이 보이지 않을 정도로 빽빽하게 들어찬 서울 곳곳의 아파트 단지들을 마주하면서, 이제는 1970년대 이래로 강고하게 유지된 '아파트 신화'를 깰 때가 되지 않았을까, 하는 생각을 해본다. 주거지 본연의 기능에 주목하지 않고 아파트를 투자처로만 생각하는 사고방식에서 벗어날 때가 되지 않았을까. 무조건 대규모 아파트 단지만을 숭상하는 것이 아니라 다양한 삶의 가능성을 염두에 두어야 하지 않을까. 그럴 때 우리의 도시 풍경은 어떻게 바뀔 것인가.

94

나처럼 평생을 아파트 단지에서만 살아온 사람이 하루 아침에 생각을 바꾸는 것은 쉽지 않다. 하지만 상상력의 폭을 넓히는 것만이 날이 갈수록 격차가 심해지는 이 분열된 도시에서 함께 살아가는 길을 찾는 첫걸음일 것이다.

마천루

욕망의 시대가 낳은 숭고미

오늘날 마천루는 세계적인 대도시의 상징이 되었다. 서울 중심지를 가득 메운 고층 건물들을 보고 있노라면 성경 창세기 11장에서 전하는 '바벨탑'의 일화가 떠오른다. 이야기에서 인류는 신의 노여움을 사 대홍수를 겪었고, 노아와 그의 일가만이 살아남을 수 있었다. 하지만 노아의 자손들은 신의 품 안에서 머물지 않고 곧 새로운 궁리를 시작했다. 또다시 홍수가 나면 어떡하지? 그에 대한 기술적 해결책은 거대한 홍수에도 물에 빠지지 않을 정도로 높은 건물을 짓는 것이었다. 그렇게 바벨탑 계획이 시작됐다. 최신 테크놀로지를 동원함으로써 이들은 "꼭대기가 하늘까지 닿는 탑"을 지을 꿈을 꿀 수 있게 되었다. 그러나 욕망의 테크놀로지로 불안 위에 쌓아 올린 그 결과가 어땠는지는 우리 모두 잘 알고 있다.

꼭대기가 하늘까지 닿는 탑을 쌓기 위해서

마천루의 역사는 곧 인류 문명의 역사다. 무엇인가를 넘어서고 어딘가에 닿으려는 '진보'의 족적이다. 인류가 넘어서려는 것은 무엇이었을까, 닿으려는 곳은 어디였을까. "꼭대기가 하늘까지 닿는 탑"에 대한 욕망은 뿌리 깊은 것이었다. 중세 중반 이후 유럽 각지에서 유행한 고딕 건축 양식에서도 이런 욕망을 쉽게 찾아볼 수 있다. 이 무렵 지어진 성당들의 첨탑은 하늘을 찌를 듯 솟아올라 있다. 하지만 벽돌을 이용한 당시의 전통적인 건축 기술로 높은 건물을 짓는 것은 쉬운 일이 아니었다. 건축물이 높아질수록 자체 무게와 함께 바람의 압력에서 오는 수평력(水平力)이 점점 커진다. 실제로 이를 견디지 못한 수많은 건축물이 붕괴했다. 중세 고딕 양식의 건축물은 이러한 약점을 보완하기 위해 '플라잉 버트레스'라는 구조물을 고안했다. 수평력의 일부를 버텨줄 수 있는 아치형의 구조물을 건물 외벽에 설치한다는 일종의 고육지책이었다. 건축물의 구조를 안정화시키는 기능을 가진 플라잉 버트레스는 점차 복잡한 형태의 장식물로 진화해갔다.

창세기의 바벨탑이 신의 권위에 도전하고자 하는 인간의 욕심을 상징했다면, 고딕 양식의 성당은 신의 영광을 현세에 물화하려는 의도에서 만들어졌다. 매주 예배를 드리러오는 신도들은 성당 앞마당에서 고개를 들어 하늘에 닿을수 있을 것만 같은 첨탑을 한 번씩 바라보았을 것이다. 성당의 첨탑은 평소에 볼 수 있는 일상적인 건축물과는 전혀 달랐다. 한편으로는 신비롭고 성스러우면서, 다른 한편으로는공포와 초월의 감정을 자아냈을 것이다. 이러한 감정을 '숭고(sublime)'라고 한다. 이는 인간이 감당할 수 있는 규모를넘어서는 거대한 자연의 힘 앞에서 느끼는 감정이기도 하다. 인간이 스스로 만들어낸 건축물로 숭고미를 자아내려는시도는 이후 르네상스 시대의 반구형 구조물인 '돔'으로(이탈리아어로는 '두오모'), 현대에는 하늘을 찌를 듯한 초고층 건물로 이어졌다.

자본과 건축 테크놀로지가 만나
탄생한 스카이라인의 역사

현대식 초고층 건축물은 영어로 '스카이스크레이퍼(skysc-raper)'라고 부른다. 말 그대로 '하늘을 긁는다'는 의미의 마천루(摩天樓)다. 현대식 마천루는 19세기 후반부터 등장했다. 이 무렵 철강 제련 기술이 발전하면서 충분한 인장 강도를 지닌 철강 재료가 대량으로 생산되었다. 건축가들은 새로운 소재를 활용해 과거에는 불가능했던 건축물을 설계하기 시작했다. 벽돌이나 콘크리트로 지어진 이전의 건물들은 외벽이 무게를 지탱하는 내력벽(耐力壁)이었다. 철강으로 지은 새로운 건축물들은 건물 내부의 프레임이 모든 무게를 지지했다. 강력한 철강 프레임 덕분에 건축물은 높이의 제약에서 풀려났을 뿐만 아니라 외벽 설계 또한 자유로워졌다. 무게를 전혀 지탱하지 않는 유리 커튼월 공법은 현대식 마천루의 상징이 되었다.

20세기 초 이후에는 미국 대도시에 마천루들이 우뚝 솟아나면서 오늘날 우리에게 익숙한 형태의 도심 '스카이라인'을 만들어냈다. 이러한 움직임을 선도한 것은 뉴욕 맨해튼이었다. 메트라이프 타워(1909년, 47층), 울워스 빌딩(1913, 57층), 크라이슬러 빌딩(1930년, 77층), 엠파이어 스테이트 빌딩(1931년, 102층) 등 수많은 초고층 건물이 이 무렵에 세워졌다. 이어 시카고, 필라델피아, 샌프란시스코, 피츠버그 등 자본이 집중되는 대도시마다 초고층 건물을 짓는 현상이 유행처럼 나타났다. 초고층 건물의 건축주는 대개 '광란의 20년대'라는 미국식 자본주의의 전성기를 맞아 호황을 누리던 거대 기업들이었다. 철강과 유리, 알루미늄을 소재로 번뜩이는 외양을 가진 마천루들은 그 자체로 이들

기업의 존재감을 과시하는 광고판이 되었다. 이후에는 미국이 아니라도 세계 어디든 자본이 모이는 곳이라면 어김없이 초고층 건물들이 솟아나기 시작했다. 중세 성당의 첨탑이 신을 향한 숭고의 상징이었다면, 20세기 마천루는 거대 독점 자본의 숭고미를 상징하는 듯했다.

한국이 63빌딩으로
증명하고 싶었던 것

현대식 마천루의 등장이 자본의 축적과 집중을 반영한다면 한국에서 본격적인 마천루 시대가 1980년대 중반에 열린 것은 어쩌면 당연한 일일 터이다. 내가 초등학교 5학년이었던 1985년 7월에 '동양 최고'의 초고층 건물인 '대한생명 63빌딩'이 문을 열었다. 60층 전망대까지 초고속 엘리베이터로 올라가면 서울 전역을 한눈에 볼 수 있었다. 한국 최초의 아이맥스 영화관과 대형 수족관도 문을 열었다. 이듬해 어린이날이 되자 초등학생 자녀를 둔 가족들이 63빌딩으로 구름처럼 모여들었다. 우리 가족도 그 틈에 섞여 있었다. 아침 일찍 황금색으로 번쩍이는 63빌딩에 도착해 우선 전망대에 올라갔다가 내려와 지하에서 수족관을 구경했다. 점심을 먹은 후에는 <지구는 살아 있다!>라는 30분짜리 아이맥스 영화를 감상한 후 서점에 들러 당시 학습 만화로 큰 인기를 끌던 이원복의 『먼나라 이웃나라』 전권을 선물로 받았다. 30여 년이 지난 지금까지도 생생하게 기억날 정도이니 최고의 어린이날을 보낸 셈이다.

돌이켜 보면 1986년 5월의 나의 개인적 경험은 이 무렵 한국 사회가 지나고 있었던 변곡점과 맞물려 있는 것이었다. 당시 한국인들이 마천루를 통해 보여주고 싶었던 것은 1960년대 이후 4반세기 동안 경제 발전을 위해 숨 가쁘게 달려온 성과였다. 그 높이는 세계 최고는 아니더라도 적어도 아시아에서만큼은 최고여야 했다. 그래서인지 언론에서 63빌딩을 소개할 때면 항상 도쿄 이케부쿠로(池袋)의 상징인 선샤인 시티와 비교하곤 했다. 한국의 63빌딩이 일본의 선샤인 시티보다 23미터 더 높다는 사실은 63빌딩을 건축할 때부터 의도한 결과이기도 하거니와 반드시 강조해야 할 점이었다. 아직 경제적으로도 정치적으로도 완전한 선진국이 되지는 못했지만, 어느 정도 생활의 안정을 갖춘 중산층들은 자신의 자녀들에게만큼은 선진국 어린이들 못지 않은 경험을 할 수 있게 해주고 싶었다. 그 욕망이 아이맥스 영화관에, '아쿠아리움'이라는 낯선 이름을 단 수족관에, 『먼나라 이웃나라』라는 만화책에 투영되어 있었다. 1986년 어린이날 여의도 63빌딩에는 이러한 사회적 에너지가 총집결했던 것이 아니었을까.

더 이상, 마천루가
숭고하지 않은 시대에

그로부터 30년 후인 지금, 한국의 대도시에서는 63빌딩을 거뜬히 넘어서는 마천루를 어렵지 않게 찾아볼 수 있다. 심지어는 주거용 아파트 단지가 70층을 넘는 경우도 많다. 현재 한국에서 가장 높은 건물은 2016년에 완공된 롯데월드타워로 63빌딩 높이의 두 배가 넘는다. 출퇴근길에 이 거대한 구조물을 마주칠 때마다 주변의 지형지물을 압도하는 모습을 감상하곤 한다.

그런데 우리의 시선이 자꾸 하늘로 향하면서 보지 못하는 도시의 사각지대가 넓어진 것은 아닌가. 20세기의 수많은 도시계획가들은 거대 건물과 자동차 중심 도로를 기반으로 '도시'를 상상했다. 미래에는 '발전'만 있을 것이라는, 자본과 테크놀로지가 모든 문제를 해결할 것이라는, 낙관적 전망의 시선이다. 그런데 과연 그런가. 우리의 도시는 그만큼 모두에게 공평하게 '발전'한 삶을 약속하고 있는가.

1985년의 63빌딩이 국가와 자본의 성취를 현현(顯現)하는 테크놀로지라면 그로부터 30년 후 롯데월드타워는 무엇을 보여주는가. 30년 전 나의 아버지는 인파가 몰릴 것을 예상하면서도 귀찮음을 무릅쓰고 초등학생인 나와 동생을 데리고 63빌딩에 갔다. 내 딸이 이제 그때 내 나이쯤 되었지만 나는 아직까지는 롯데월드타워에 데려갈 필요성을 느끼지 못하고 있다.

마천루

터널

서울 출퇴근 전쟁의 기원

네다섯 살 정도 먹었을 때의 기억이니 1970년대 후반쯤이었을 것이다. 당시 우리 가족은 한강 남쪽의 작은 아파트에 살고 있었다. 아버지의 직장은 서울시청 뒤쪽 소공동 부근이었다. 두어 달에 한 번 정도 어머니는 아버지와 저녁 외식을 하기 위해 나와 택시를 잡아타고 아버지의 직장 근처로 향했다. 목적지는 신세계 백화점 앞 분수대였다. 어머니와 나는 아버지의 퇴근을 기다리며 몇 시간이고 약속 장소 주변을 맴돌았다.

당시 내가 시내 외출을 좋아했던 이유는 외식을 할 수 있기 때문만은 아니었다. 강남에서 시내로 가는 길에 다리를 건너고 터널을 통과했기 때문이었다. 아마도 한남대교를 건너 남산1호터널을 지나 명동 부근으로 빠졌을 것이다. 터널을 지날 때면 늘 흥분이 되었다. 주황색 나트륨 조명이 빠른 속도로 지나가는 것을 정신없이 바라보았다. 터널의 입구와 출구 부근에는 조명의 간격이 멀다가 중간 부분에서는 간격이 좁아지는 것도 눈여겨보았다. 당시 텔레비전에서는 <그레이트 마징가>라는 만화가 인기리에 방영 중이었다. 주인공이 '브레인 콘돌'이라는 비행체를 타고 빠른 속도로 터널을 통과한 후 로봇의 머리 부분에 결합해 로봇을 조종하는 방식이었다. 남산1호터널을 지날 때면 내가 마치 '그레이트 마징가'의 조종사가 되었다는 상상에 빠져들기도 했다.

터널,
새로운 서울의 비전이 구현된
공간 테크놀로지

유년기에 내가 위와 같은 경험을 하게 된 것은 우연이 아니었다. 당시는 서울시의 공간에 대한 새로운 비전이 구현되는 시기였다. 현재의 강남3구에 해당하는 지역은 1963년에 서울특별시에 편입되었다. 이 지역은 '영등포의 동쪽'을 줄여 '영동(永東)'이라고 불리다가 1970년부터 대대적인 개발

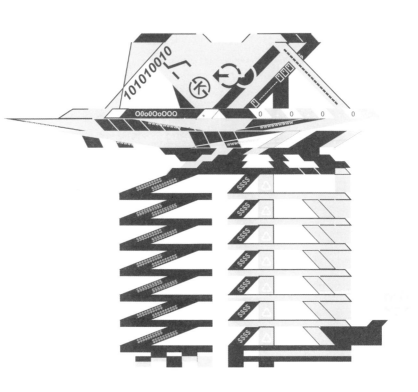

106

사업이 이루어져 허허벌판에 아파트 단지가 속속 들어서기 시작했다. 도시를 기능적으로 구획하려는 설계자들의 의지로 이루어진 개발 사업이었다. 그들은 공간의 분리와 효율적 연결을 통해 집적화되고 통제가 용이한 시공간을 꿈꿨다. 강남 개발이 성공하기 위해서는 이 아파트 단지와 도심을 잇는 계획이 필요했다. 즉 낮에는 도심에서 일을 하고, 저녁에는 외곽의 주거 지역으로 퇴근하는 새로운 생활 리듬과 동선이 자리 잡아야만 했다.

당시 서울시장은 대통령이 지시한 사항을 속전속결로 추진한다고 해서 '불도저 시장'이라는 별명으로 잘 알려져 있는 김현옥(金玄玉, 1926~1997)이었다. 그는 서울 외곽에서 도심을 오가는 차량의 흐름을 최우선시했다. 자동차 전용의 고가도로를 건설해 차량의 흐름을 원활하게 하고, 중심과 외곽을 잇는 여러 터널을 개설했다. 이 모두가 1960년대 서울이 급격하게 팽창하면서 필요해진 일들이었다. 구도심을 둘러싼 산을 뚫지 않고는 새롭게 서울특별시 행정구역으로 편입된 지역으로 직선의 동선을 확보하기 어려웠다. 터널의 목적은 무엇보다도 도심까지 돌아가야 하는 거리를 단축해 이동 시간을 줄이고, 자동차 연료도 절약하게 하는 것이었다. 이와 같은 도시 인프라는 젊은 직장인들이 버스라는 대중교통을 이용해 '영동'에서 출퇴근하는 것을 가능하게 해주었다. 나의 부모님을 포함한 많은 젊은 부부들이 강남 지역에 자리 잡게 된 것은 그 결과였다.

남산1호터널도 이 무렵에 만들어졌다. 이 터널은 김현옥 시장 임기 중인 1969년 3월에 착공해 그가 와우아파트 붕괴 사고의 책임을 지고 사임한 직후인 1970년 8월에 개통했다. 처음에는 왕복 2차로로 운영되다가 여러 차례의 보수 공사 끝에 1995년 이후 왕복 4차로로 확장되었다.

남산2호터널 역시 비슷한 시기에 계획되었다. 1호터널이 남산을 대략 남북으로 관통한다면, 2호터널은 용산구 용산동과 중구 장충동을 잇는 동서 방향으로 설계되었다. 두 개의 터널은 남산 정상 부근에서 교차하게 되는데, 이 지점 "지하 160m 지점에 7천 평의 입체 로터리가 마련돼 유사시에는 40만 시민을 수용할 수 있는 대피소를 마련"한다는 계획도 세워졌다. 이렇듯 남산 터널의 설계는 냉전 시대의 한 단면을 보여주기도 한다.

시간과 공간을
소멸시키려는 근대의 욕망

인류사에서 터널은 긴 역사를 갖고 있다. 무려 3천여 년 전에 파놓은 땅굴이 발견될 정도다. 고대와 중세 유럽에서 만들어진 터널은 민물을 장거리에 걸쳐 이동시키기 위한 수로(水路)이거나 군사 목적으로 만들어진 비밀 지하 통로가 대부분이었다. 현재와 같이 승객과 화물을 운송하기 위한 통로로서의 터널이 부각되기 시작한 것은 19세기 철도가 보편화되면서부터였다.

지형의 한계를 극복하기 위해 만들어지던 터널이 효율적으로 이동할 수 있는 지형 자체를 만들어내는 수단으로 전환된 것은 증기기관의 발명 덕분이었다. 엄청난 동력을 운송에 활용할 수 있게 되자 인류는 운송 수단에 적합한 지형을 인공적으로 만들어내기 시작했다. 높은 지형은 깎고, 낮은 지형은 메우며, 그럴 수 없을 정도로 높은 산악 지대에는 터널을 뚫었다. 근대의 시작은 그렇게, 인공적인 것들이 자연을 압도하는 형상으로 다가왔다. 역사가인 볼프강 쉬벨부시(Wolfgang Schievelbusch, 1941~)는 『철도 여행의 역사』에서 19세기 엔지니어들은 "철로를 자로 그린 것처럼 직선으로 건설"함으로써 "시간과 공간을 소멸"시킬 수 있었다고 썼다.

1960~1970년대 한국 역시 급속한 근대화를 거치면서 전 국토에 수많은 터널을 건설해나갔다. 산악 지대가 국토의 상당 부분을 차지하는 한반도의 지리적 특성상 당연한 일이었을 것이다. 2018년 현재 전국에는 총 2,566개의 터널이 총연장 1,897킬로미터에 걸쳐 있다. 가장 많은 터널을 보유하고 있는 광역 지자체는 경기도로 491개소에 총연장이 325킬로미터이다. 2014년 개봉한 영화 <터널>의 배경이 서울과 가상의 위성도시 '하도'를 잇는 하도터널로 설정된 것은 우연이 아니다.

경기도에 이어 강원도, 경상북도, 전라남도 등 산악 지형이 많은 지역에 주로 터널들이 건설되어 있다. 자동차가 지나는 터널 중 가장 긴 것은 11킬로미터에 가까운 인제-양양 터널로 2009년에 착공해 2017년에 완공됐다. 수많은 터널로 인해 우리는 구불구불한 지형을 따라 이동하는 것이 아니라 목적지까지 직통하는 경로를 택할 수 있게 되었다. 인제터널이 개통되기 전 설악산에 가기 위해 몇 시간씩 걸리는 구불구불한 왕복 2차로에서 까마득한 낭떠러지와 낙석을 걱정했던 일은 과거의 추억이 되었다.

직선으로 관통하는 것은
늘 옳은가

터널은 힘들게 오르락내리락하거나 돌아서 가야 할 길을 직선으로 관통하게 해준다. 하지만 이때의 주체가 늘 '인간'인 것은 아니다. 터널은 19세기에는 철도와, 20세기 이후에는 자동차와 친연성(親緣性)을 갖는 테크놀로지이다. 터널이 많은 도시의 동선과 속도는 이들 교통수단을 중심으로 구성된다. 그리고 그것은 때로 예기치 않게, 인간을 위협하는 방식으로 다가오기도 한다.

나에게도 그런 경험이 있다. 몇 년 전 지방 출장을 마치고 새벽 1시 무렵에 용산역에 도착했는데 도무지 택시를 잡을 수가 없어 어쩔 수 없이 걸어서 집까지 걸어가야 했다. 한강대교를 건널 때까지는 무난한 여정이었다. 시원한 초가을 바람을 맞으며 열심히 걸었다. 난관은 한강대교 남단의 상도터널이었다. 왕복 4차로의 이 터널에는 보행자를 자동차 매연으로부터 보호하기 위해 플라스틱 보호판을 설치해 놓았다. 하지만 보행로는 두 사람이 동시에 걷기에는 불편할 정도로 좁았다. 568미터에 불과한 이 터널을 걸어서 통과하면서 불쾌감과 불안감에 시달렸다. 결국 출구까지 200미터가량 남았을 때부터는 빠른 걸음으로 뛰다시피 해서 빠져나갔다. 그 이후 다시는 걸어서 터널을 지나지 않으리라 결심했다. 서울의 길은 사람보다 자동차를 위해 설계되었음을 뼈저리게 느낀 순간이었다.

이렇듯 하나의 테크놀로지는 독립적으로 존재하는 것이 아니라 다른 테크놀로지들과 공존하며 각자의 역할을 담당한다. 1960년대 이후 서울에 설치된 고가도로, 지하보도, 육교, 터널 등 도시 교통 인프라는 모두 자동차의 흐름을 원활하게 하도록 만들어졌다. 하지만 그로부터 반세기가 지난 오늘, 통행량이 많은 네거리에서도 지하보도와 육교보다는 건널목을 활용하고, 고가도로는 철거하는 방향으로 서서히 이행하고 있다. 보행자에게 더욱 친절한 방향으로 도시 설계 패러다임이 바뀌고 있다.

이러한 경향에 따라 터널도 없어질 수 있을까? 아니면 터널은 없애기에는 그 효용이 너무 큰 인프라일까? 이 질문

111   터널

은 단순히 산등성이에 뚫려 있는 터널을 막느냐 마느냐의 문제를 넘어 미래 운송 체계에 대한 비전과 우리가 거주하는 공간에 어떤 의미를 부여할 것인지와 결부되어 있다. 한반도 지형에 맞게 설계된 거대 인프라가 쉽사리 사라지지는 않을 가능성이 크다. 하지만 터널이라는 테크놀로지의 밑바탕에 깔린 자동차 중심의 교통 시스템을 재고한다면, 터널 역시 그 외형은 지금처럼 존재하면서도 이전에는 없던 역할을 맡고 새로운 의미를 가지게 될 수 있을지도 모른다.

지하철

팽창하고 확장되고
쪼개지는 시간들

내가 중학교에 입학할 무렵 큰집이 잠실의 한 아파트로 이사했다. 그 후 처음으로 맞이한 명절날은 내가 처음으로 지하철을 타본 날이기도 했다. 초록색으로 표시된 지하철 2호선이었다. 손가락 두 마디만 한 크기의 노란색 표를 개찰구 투입구에 넣고 회전식 문을 통과한 후 계단을 따라 플랫폼으로 걸어 내려갔던 기억이 생생하다.

열두 살 소년의 눈에 비친 지하철 2호선은 반짝반짝한 미래 세계의 모습이었다. 깨끗하고 널찍한 플랫폼과 초현대식 열차는 여전히 너저분한 지상 세계와 전혀 달라 보였다. 버스를 타면 매연과 담배 냄새 때문에 견디기 어려울 때가 많았는데 지하철 내부는 먼지조차 찾아보기 어려운 위생적인 공간처럼 느껴졌다. 물론 이러한 첫인상은 대학에 입학한 이후 거의 매일 지하철 2호선을 타게 되면서부터 조금씩 옅어질 수밖에 없었다. 아침 출근 시간대 '지옥철'을 경험하고 밤늦은 시간 막차에서 다양한 사람들을 맞닥뜨리게 됐다. 물론 다른 사람들의 눈에는 내가 '다양한 사람' 중 하나로 비쳤겠지만….

시간을 엄수하라,
도시 모빌리티의 미션

'미래 세계' 지하철의 덕목은 무엇보다도 시간 엄수에 있다. 지하철은 분 단위로 정해진 시간표에 따라 운행한다. 따라서 내가 이동하는 역 구간의 숫자에 2~3분을 곱하면 이동하는 데 걸리는 총 시간을 비교적 정확하게 예측할 수 있다. 지상의 도로에서는 시간대에 따라, 또는 기상 조건에 따라 같은 목적지까지 가는 데에도 25분이 걸리기도 하고 1시간 20분이 걸리기도 한다. 하지만 지하철은 열차의 탈선이나 대규모 정전 사태 등 이례적인 경우를 제외하고는 외부 환경의 영향을 거의 받지 않는다. 여러 운송 수단이 경쟁하는 지상 도로와 달리 지하 선로는 지하철이 독점적으로 사용하기 때문이다. 그렇게 보면 도시 모빌리티의 문제를 해결하는 데 지하철만큼 효과적인 해결책은 없어 보인다.

19세기 이후 세계 각지에 대도시가 성장하면서 도시 모빌리티 문제가 더욱 심각해졌다. 시도되었던 첫 해결책은 전차(電車)였다. 19세기 후반 토머스 에디슨을 비롯한 당대 최고의 발명가들은 전기의 실용화에 많은 노력을 기울였다. 전기의 힘으로 실용적인 대중 운송수단을 만든 것은 에디슨 밑에서 일하던 엔지니어 중 한 명이었던 프랭크 스프레이그(Frank J. Sprague, 1857~1934)였다. 그는 자신이 발명한 전기 견인 모터를 이용해 1888년 미국 버지니아주 리치몬드에서 전차 사업을 시작했다. 정해진 노선을 따라 움직이는 전차 위에는 전기를 공급하기 위한 집전봉(集電棒)이 설치돼 있었다. 전차가 운행하면서 집전봉에서 가끔 불꽃이 튀는 경우가 있었는데, 이를 두고 한 시인은 "마녀의 빗자루"라고 표현하기도 했다. 곧 전차는 세계 여러 도시에서 어렵지 않게 찾아볼 수 있는 운송 수단이 됐다. 한성 도심에서 전차가 다니기 시작한 것은 세계 최초의 전차 사업이 시작된 지 불과 10여 년 후인 1899년의 일이었다.

20세기의 첫 수십 년 동안 도시 모빌리티는 이 무렵부터 대중화되기 시작한 내연기관 자동차가 전차를 서서히 몰아내는 양상으로 전개되었다. 가솔린을 동력원으로 하는 자동차는 연료 공급만 된다면 정해진 노선과 관계없이 자유롭게 이동할 수 있다는 장점이 있었다. 20세기 이후 내연기관 자동차가 개인 혹은 대중 운송 수단으로 널리 이용되기 시작하면서 지상 도로라는 제한된 자원을 둘러싸고 노면 전차와 경쟁할 수밖에 없는 운명이었다. 도시 인구 증가에 따른 교통 혼잡이 점점 심각해지자 전차의 이동 경로를 자동차와 분리하자는 주장이 나타나기 시작했다. 결국 지상 도로는 자동차와 보행자들에게 내주고, 전차는 지하 터널 혹은 고가(高架) 위에서 운행하자는 것이었다. 이러한 해결책이 처음 등장했던 곳은 미국 뉴욕과 보스턴이었다. 20세기 초가 되자 '지하철'은 대도시 모빌리티 문제의 해결책으로 각광받기 시작했다. 일본에서는 우에노와 아사쿠사를 잇는 2.2킬로미터 지하철 구간이 1927년 12월 개통됐다. 일본인들은 곧 식민지 도시인 경성에서도 서울역을 출발해 남대문과 종로를 지하로 통과한 후 동대문에서 지상으로 올라오는 경로의 지하철 노선을 구상했으나 실현되지는 않았다.

자동차 중심 도시의
일부로 기획된 서울의 지하철

해방 이후 약 20여 년 동안 서울에서 도시 모빌리티의 중심은 전차가 담당했다. 하지만 서울의 인구가 급격하게 늘고 지리적으로도 확장을 거듭하면서 전차만으로 감당할 수 없는 지경에 이르렀다. 결국 1968년 11월, 서울의 전차 운행은 중단되었다. 그 자리를 빠른 속도로 증가한 내연기관 자동차들이 채웠다. 당시 서울시장이었던 김현옥의 결정이었다. 넓은 도로에 내연기관 자동차가 빠른 속도로 달릴 수 있는 미래 서울을 꿈꿨던 김현옥은 시내 간선도로를 확장했고 고가도로나 육교를 설치해 승용차와 버스가 방해 없이 운행할 수 있는 조건들을 만들어갔다. 이러한 구상 속에서 자동차와 사람들 사이에 섞여 느릿느릿 운행하는 노면 전차는 자동차의 움직임을 저해하는 요소일 뿐이었다. 이렇게 전차는 서울을 비롯한 세계 각지에서 역사의 뒤안길로 사라졌다.

그리고 이때, 서울 지하철은 '자동차 중심 도시'라는 기획의 일부로 도입됐다. 지하철 1호선 공사는 전차가 서울에서 사라진 직후인 1970년대 초에 시작됐다. 1971년 4월 서울시청 앞에서 성대한 기공식이 열렸다. 지하철 1호선은 서울역에서 청량리로 이어졌다. 이는 교통 인프라의 연속성을 잘 보여주는 것이기도 했다. 서울역에서 남대문을 지나, 종로를 거쳐 청량리에 이르는 노선은 70여 년 전 첫 노면 전차의 노선이기도 했기 때문이다. 이동 수단이 시간과 공간을 조직하고 삶의 패턴을 만든다는 것은 은유가 아니다. 도시 교통 수단으로서의 전차는 폐기됐지만, 그것이 만들어낸 사람과 물류가 이동하는 패턴은 쉽게 바뀌지 않았다. 결국 기존의 흐름에 얹히는 형태로 시작된 지하철은 강남이 주거 지역으로 개발되면서 새로운 지역으로 확대되는 모습을 보였다. 내가 처음 지하철을 탔던 1980년대 중반이면 이미

지하철 3호선이 개통되기 시작했고, 2호선 순환선이 완성됐다. 지하철은 자동차를 보완하는 도시 모빌리티 수단으로 확고하게 자리 잡았다.

수도권 팽창과 함께한
지하철의 미래는

오늘날 지하철은 처음 도입될 당시에 비해서는 훨씬 넓은 범위의 이동을 담당하는 광역 교통 체계의 일부가 됐다. 현재의 '수도권 전철 노선도'를 보면 북으로는 동두천과 문산, 서쪽으로는 인천과 부천, 남쪽으로는 천안, 동쪽으로는 춘천에 걸치는 광대한 '수도권'을 아우르고 있다. 이들 중에는 지하 터널을 달리는 구간도 있고, 고가나 지면 선로를 따라 달리는 구간도 있다.

이런 확장은 수도권의 팽창, 그리고 이와 관련된 도시 개발 과정과 맞물려 일어났다. 지하철 노선은 원래의 필요를 감당하는 것 이외에도 새로운 필요를 창출하는 용도로 투입되었다. 지하철역 주변은 '역세권'이라는 이름으로 부동산 개발의 핵심지로 부상했다. 그에 따라 새로 개통되는 노선의 지하철역을 유치하기 위한 쟁투가 벌어졌다. 광역 교통 체계는 서울 중심지와 수도권 베드타운 사이의 장거리 통근을 가능케 함으로써 젊은 직장인들의 이동 범위를 엄청나게 늘려놓았다. 도시를 스쳐지나가고 긴 동선을 감당하며 사는 수많은 '보통의 삶'은 이렇게 만들어졌다.

하지만 이렇듯 일상의 동선을 넓히고 시간을 단축하는 방향으로 진화해온 도시의 삶은 점점 더 많은 한계에 부딪치고 있다. 수도권 모빌리티 문제에 대한 해답이 하나로 통일될 수는 없다. 예전에 비해 '전철 노선도'는 훨씬 복잡해졌지만, 여전히 전철의 모세혈관이 미치지 못하는 곳까지 가기 위해서는 (마을)버스나 택시, 최근 들어서는 스마트 모빌리티 장치들을 통할 수밖에 없다. 한국에서 1971년에 시작된 지하철은 자동차와 연합해 노면 전차를 몰아냈지만, 앞으로는 새로운 장치들과 함께 (내연기관) 자동차를 몰아내게 될지도 모르는 일이다.

PART 3

혁명의
시간,
사회의
변곡점

'모델 T'와
대량생산 시대

일하고, 일하고, 차를 사라

2012년 초, 근 12년 동안의 외국 생활을 마치고 귀국한 지 얼마 되지 않았을 때 나는 승용차를 한 대 사기로 했다. 딸이 집에서 조금 거리가 떨어진 어린이집에 다니게 되었기 때문이었다. 국내 최대 자동차 회사의 영업사원에게 전화하니 그는 몇 개 차종의 브로슈어를 들고 직장으로 찾아왔다. 나는 당시 월급의 네 배 정도 가격의 준중형 모델을 구입하기로 했다. 그동안 저축해둔 돈으로 3분의1 정도를 내고 나머지는 자동차 회사와 관련된 금융사를 통해 대출을 받은 후 2년간 갚아나가기로 했다. 서류 작성을 마치고 며칠 후 영업사원은 차를 집 앞에까지 가지고 와서 내게 인도했다.

이렇게 시시콜콜한 개인사를 털어놓는 이유는 현대사회에서 자동차라는 상품이 차지하는 위치를 가늠해보기 위해서다. 말하자면, 자동차는 삼십 대 중반의 초임 조교수가 넉 달치 월급을 모으면 적당한 모델을 살 수 있을 정도의 물건이다. 물론 내가 구입한 준중형 차보다 낮거나 높은 가격의 모델도 많다. 천차만별의 자동차 시장이지만, 일단 자동차를 사기로 마음먹었다면 월수입의 대략 3~6배 정도 가격의 차를 선택하는 것이 일반적이라고 할 수 있다. 그리고 이 비율은 한국과 비슷한 경제 수준을 가진 다른 나라에서도 대부분 유사할 것이다.

'교환 가능한 부품'으로 도래한
대량생산 시대

일반적인 소비자의 경우 이 정도의 지출은 주택을 제외하고는 가장 큰 규모라고 할 수 있다. 고위 공직자들이 재산을 공개할 때 자동차는 반드시 등록하게 되어 있을 정도다. 다른 한편으로 어느 정도 안정된 수입이 있는 한국인에게 자동차란 마음먹으면 어렵지 않게 살 수 있는 물건이기도 하다. 정부 통계에 따르면, 한국에 등록된 자동차 수는 2014년 2천만 대를 넘어선 이래 매년 2~4퍼센트씩 증가해 2018년에는 2,300만 대를 넘어섰다. 대략 한국인 두세 명당 한 대꼴의 자동차가 도로를 누비고 있는 셈이다. 이 정도면 한국에서 자동차는 생활필수품에 가깝다고 말해도 좋을 것이다.

자동차가 원래 이 정도로 보편적인 물건이었던 것은 아니다. 석유를 연료로 하는 내연기관이 유럽에서 처음 만들어진 19세기 중반 무렵 이후 20세기 초까지 자동차는 극소수 상류층만이 향유할 수 있는 사치품이었다. 정교하게 만들어야만 하는 자동차의 제작 방식 때문이었다. 자동차는 수천 개의 금속 부품이 맞물려 돌아가는 복잡한 기계 장치다. 19세기 말까지 당시의 기술 선진국들조차 정밀한 금속 가공 능력을 갖추지 못했다. 따라서 자동차 역사의 초기에는 높은 숙련도를 지닌 맞춤 조립 기술자(fitter)의 역할이 중요했다. 이들은 부품들을 하나하나 손으로 깎아 맞춰나가는 방식으로 자동차를 제작했다. 예를 들어 1893년 출시된 벤츠 '빅토리아(Viktoria)'의 가격은 현재의 화폐 가치로 약 7,500만 원 정도로 당시 보통 사람들의 구매력을 훌쩍 넘어섰다.

금속 부품을 표준화해 '교환 가능한 부품'으로 만드는 일은 산업혁명 이후 엔지니어들의 오랜 꿈이었다. 그 노력이 본격적으로 시작된 영역은 군의 소총 제작이었다. 전쟁터에서 소총이 고장났을 때 필요한 부품만 교환해 수리할 수 있다면 효율적으로 무기를 보급할 수 있을 것이라는 생각에서였다. 1778년 프랑스 육군에서 처음으로 교환 가능한 부품을 이용한 소총 제작을 시도했지만, 표준화에 성공한 것은 극소수의 부품일 뿐이었다. 이러한 노력을 지켜보던 당시 프랑스 주재 미국 대사 토머스 제퍼슨(Thomas Jefferson, 1743~1826)은 이를 미국에 도입할 것을 건의했다. 미국 정부는 당시 유명한 발명가였던 일라이 휘트니(Eli Whitney, 1765~1825)에게 이 작업을 맡겼다. 휘트니가 10,000정의 소총을 납품하기로 계약을 맺은 것이 1798년이었다. 그는 3년 후인 1801년 국회에서 10정의 소총을 분해해 부품을 뒤섞은 다음 무작위로 재조립하는 시범을 보였다. 이 장면을 지켜보던 국회의원들은 감탄을 금치 못했다. 그러나 휘트니는 최종 납품을 미루고 미룬 끝에 1809년에야 약속된 계약 조건을 완수했다. 국회에서의 부품 교체 시범은 사기극에 불과했다는 의혹도 일었다. 그만큼 교환 가능할 정도로 정교하게 제작된 부품을 만드는 일은 당시의 기계 가공 수준으로는 매우 어려운 일이었다.

교환 가능한 부품은 자동차의 대량생산이 이루어지기 위한 중요한 전제 조건이었다. 20세기 초 '자동차 왕'으로 알려진 헨리 포드(Henry Ford, 1863~1947)는 표준화된 부품을 비숙련공이 조립하는 방식으로 자동차를 대량생산하기 시작했다. 포드가 1908년부터 만들기 시작한 자동차는 '모델 T'였다. 포드사의 리버루지(River Rouge) 공장에는 컨베이어 벨트가 설치되었다. 포드 엔지니어들은 노동자들이 한 가지 일만 반복해서 할 수 있도록 공정을 설계했다. 노동자들은 컨베이어 벨트를 따라 이동하는 반제품(半製品)에 각자 맡은 표준화된 부품을 조립해나갔다. 이렇게 공장 전체를 한 바퀴 돌고 나면 차 한 대가 완성되는 방식이었다. 전통적인 자동차 공장에서 큰 역할을 맡던 고숙련 장인들은 더 이상 설자리가 없었다. 포드는 대량생산 방식으로 20년 가까운 기간 동안 1500만 대가 넘는 모델 T를 생산했다.

대량생산-대량소비 체제,
역사를 바꾸다

그렇다면 이렇게 대량으로 만들어낸 자동차를 누가 살 것인가. '대량생산'이라는 시스템이 원활하게 작동하기 위해서는 이 질문에 대한 대답이 있어야 한다. 생산과 소비를 연결하는 사회적 기획 없이는 어떤 새로운 테크놀로지도 안착하기 어렵다.

포드는 사업가로서 그 점을 꿰뚫고 있었다. 그는 모델 T 생산 초기부터 무엇보다도 가격이 낮게 유지되어야 한다고 생각했다. 1908년 당시 모델 T의 가격은 850달러였는데, 이 정도 비용은 의사나 변호사 등 고소득 전문직에 종사하는 사람이 감당할 수 있는 정도였다. 게다가 생산량이 증가하면서 가격을 점차 인하할 수 있었다. 같은 공장 설비에서 생산성이 증가해 생산량이 늘어나면 대당 원가가 떨어지는, '규모의 경제 효과' 덕이었다. 이렇게 해서 모델 T의 가격은 1914년에 490달러, 1924년에 290달러까지 내려갔다. 가격을 낮추는 것도 중요했지만 이 정도 규모의 소비를 감당할 만한 중산층이 늘어나는 것 역시 필요했다. 포드사는 당시로서는 파격적인 '일당 5달러' 정책을 시행했다. 그에 따라 포드 노동자는 월급으로 자신이 만드는 자동차를 살 수 있을 정도의 구매력을 갖추게 되었다. 주6일 근무를 가정하고 월급이 120달러 정도라고 했을 때 2~3달치를 모으면 포드의 모델 T를 살 수 있게 된 것이다.

표준화, 보편화의 가치와 공명한
테크놀로지의 역사

즉 대량생산 체제는 표준화된 부품을 바탕으로 한 비숙련 단순 노동이라는 기술적 측면과, 규모의 경제를 바탕으로 한 가격 인하 및 소비자 집단의 성장이라는 경제적 측면이 결합해 만들어졌다. 20세기 이후 공고하게 자리 잡은 대량생산 체제는 당연하게도 대량소비 사회와 동전의 양면을 이뤘다. 장인들이 정성 들여 만드는 제품들의 시대가 퇴조하고 그 자리를 적당한 품질을 가진 표준화된 제품들이 차지하게 되었다.

더 많은 사람들이 물질적 풍요를 향유할 수 있게 해주었다는 점에서 대량생산-대량소비 시스템은 인류사에 획기

'모델 T'와 대량생산 시대

적인 변화를 이끈 테크놀로지였다. 하지만 불과 한 세기가 지나기 전에 우리는 값싸게 구매하고 손쉽게 버리는 일에 너무나도 익숙해졌다. 이제 이러한 소비 습관이 지속 가능할지에 대한 의문이 곳곳에서 제기된다. 나는 월급의 네 배에 해당하는 가격으로 자동차를 소유할 수 있었지만, 내 딸도 과연 그럴 수 있을까. 또 그렇게 되는 것이 바람직한 일인가. 여러 정황을 종합적으로 고려했을 때 기술과 인간이 그리는 협주곡이 새로운 악장으로 넘어가야 할 단계에 도달했다.

라디오가 묶어준 한국

한국인이라는 감각은
어떻게 만들어졌나

대중음악에 언제부터 관심을 갖기 시작했는지 정확히 기억
은 나지 않는다. 학교에서 배우는 동요나 가곡 같은 노래에
서 벗어나 라디오에서 흘러나오는 음악을 듣기 시작한 것
이 초등학교 고학년 무렵이었다. 당시 집에는 낡은 외국산
라디오가 한 대 있었다. 라디오 튜너에 더블데크 카세트가
합쳐진 기계였다. 부모님이 어린 남매의 목소리를 녹음하려
는 생각으로 1970년대 후반에 큰맘 먹고 구입한 것이 아닌
가 싶다. 우리 남매가 녹음기 앞에서 재롱잔치를 부릴 나이
가 지나자 이 '카세트라디오' 역시 사용하지 않는 물건이 됐
다. 한구석에서 먼지만 쌓이던 것이 내가 사춘기에 들어설

나이가 되자 다시 진가를 발휘하기 시작했다.

누가 알려주는 사람도 없어서 그저 라디오에서 틀어주는 대로 음악을 들었다. 그러다가 마음에 드는 노래가 나오면 집 앞 상가에서 사온 공테이프에 녹음을 했다. 녹음된 곡의 개수가 어느 정도 쌓이면 더블데크로 테이프를 '편집'했다. 돌이켜보면 당시 내가 흥미를 갖고 들었던 노래들은 편차가 대단히 심했다. 당시 라디오에 많이 나오던 정수라나 조용필의 신곡들이 있는가 하면 '들국화'나 '산울림' 같은 밴드나 그 무렵 히트를 친 '도시의 아이들'의 노래들도 편집 테이프 목록에 들어 있었다. 나는 라디오를 통해 노래를 접해서 그랬는지 주로 한국 가요를 좋아하는 편이었다. 라디오를 듣고 있으면, 노래에 공감하는 것을 넘어 노래에 공감하는 누군가와 연결되어 있는 기분이 들었다. 가요에 담긴 '한국인의 정서'를 학습했던 시기가 아닌가 싶다.

전파 테크놀로지는 어떻게 '국민'의 목소리가 되었나

라디오란 소리 정보를 전파로 변환해 송출하면 그것을 공기 중에서 잡아내 다시 원래의 소리 정보로 변환해내는 장치다. 어릴 때에는 이렇게 간단한 장치만 있으면 먼 곳에서 전하는 목소리와 음악을 들을 수 있다는 사실이 신기하게 느껴졌다. 잠이 안 오는 새벽에 AM 라디오 주파수 대역을 오가면 가끔 일본어 방송이 잡히거나 수상쩍게 들리는 난수 방송이 들릴 때도 있었다.

이 간단한 장치가 국가 독점 방송국에서 국민 통합을 위해 필요한 정보를 전달하는 통로로 이용됐다는 역사적 사실은 아이러니하다. 제1차 세계대전이 시작되자 미국에서는 민간 영역의 전파 이용을 금지하고 해군의 통신용으로 독점했다. 제2차 세계대전이 끝나고 미소 냉전이 격화되자 라디오는 양 체제의 우월성을 홍보하는 유용한 수단이 됐다. 특히 미국에서는 '보이스 오브 아메리카(Voice of America)' 방송을 통해 말 그대로 '미국의 목소리'를 다양한 언어로 송출하기 시작했다.

1945년 조선의 해방은 라디오를 통해 전달됐다. 그해 8월 6일에 히로시마에, 8월 9일에 나가사키에 원자폭탄 투하가 있고 며칠 후의 일이었다. 8월 15일 정오에 일본 정부로부터 중대 발표가 예고되어 있었다. 식민지 조선에서도 여러 사람들이 라디오 앞에 도열했다. 정해진 시간이 되자 NHK 아나운서가 방송을 시작했다. "지금부터 중대한 방송이 있겠습니다. 전국의 청취자 여러분께서는 기립하여 주십시오. 천황 폐하께서 황공하옵게도 전 국민에게 칙서를 말씀하시게 되었습니다. 지금부터 삼가 옥음(玉音)을 보내드리겠습니다." 이 말을 들은 일본인들은 일제히 고개를 숙였다. 기미가요가 연주된 후 곧 히로히토(裕仁, 1901~1989) 일왕의 목소리가 흘러나오기 시작했다. "짐은 깊이 세계의 대세와 제국의 현상(現狀)에 비추어보아 비상의 조치로써 시국을 수습하고자 하여…"로 시작되는 이 연설은 일본의 항복을 일본 신민들에게 알리는 내용이었다. 라디오라는 매체가 가진 전파력을 실감할 수 있는 순간이었다.

라디오의 힘은 1961년 5월 16일 군사 쿠데타를 일으킨 군부 세력도 분명히 인지하고 있었다. 쿠데타 세력이 가장 먼저 장악한 곳은 청와대와 육군 본부 등 권력 기관들과 중앙방송국(현재의 KBS)이었다. '군사혁명'이 일어났음을 널리 알리고 국민들의 동요를 막기 위해서는 동이 트기 전에 혁명 공약을 전파할 필요가 있었다. 신문은 국민들에게 전달되기까지 시차가 있었다. 따라서 생방송으로 실시간의 상황을 전파하는 데에는 라디오가 제격이었던 것이다. 새벽 5시경 "친애하는 애국 동포 여러분! 은인자중하던 군부는, 드디어 오늘 아침 미명을 기해서 일제히 행동을 개시해, 국가의 행정, 입법, 사법 3권을 완전히 장악하고, 이어 군사혁명 위원회를 조직했습니다."라는 선언으로 시작되는 혁명공약 6개조는 마침 그날 새벽 당직을 서던 아나운서의 목소리를 통해 라디오에 귀를 기울이고 있던 국민들에게 전달됐다.

계몽 프로그램부터 '별밤'까지, 한국인이라는 상상을 묶어준 매체의 힘

이렇게 해서 정권 획득에 성공한 군사정부는 공보(公報) 활동에 라디오를 적극적으로 활용하는 모습을 보였다. 1961년 6월 초의 한 신문은 서울중앙방송국이 "혁명 과업 완수를 위해" 국민 계몽 프로그램을 대폭 강화했다고 전한다. 이에 따르면 매일 오전 9시와 정오에는 국가재건최고회의 발표를 보도했다. 그 외에도 오전 6시부터 오후 11시까지 매시간 5분씩 뉴스 시간을 할당해 최신 소식을 전했다. 나아가 황금 시간대인 오후 8시 10분부터 30분까지는 '서울의 패트롤', '농촌의 밤', '건설의 양지' 등의 코너를 배정해 쿠데타 이후 "발전을 거듭하고 있는" 모습을 조명했다.

하지만 문제는 라디오 보급이 도시 지역에 편중되어 있어 농어촌 지역까지 중앙정부의 메시지가 효과적으로 전달되지 못하고 있다는 점이었다. 따라서 정부 입장에서는 농어촌 지역의 라디오 보급을 빠른 속도로 끌어올릴 필요가 있었다. 금성사에서 마침 1959년에 최초의 국산 라디오 A-501을 출시했고 이듬해에는 최초의 국산 트랜지스터 라디오인 TP-601을 내놓았다. 1962년 박정희 의장 부부가 직접 사용하던 라디오 3대를 공보부에 기탁하는 것을 시작으로 대대적인 '농어촌 라디오 보내기 운동'이 시작됐다. 이

운동이 시작된 지 불과 1년도 되기 전에 약 24,000대의 라디오가 농어촌 지역에 보급됐다. 여기에 마을 스피커를 이용해 청취하는 경우까지 포함한다면 이제 한국 전역에 라디오 방송의 영향력에서 벗어날 수 있는 사람은 없다고 해도 좋을 정도였다. 이렇게 배부된 라디오는 부락 공용으로 지정돼 국영방송인 KBS 제1방송만 청취가 가능했다. 당연하게도 방송국에서는 농어촌 관련 방송 콘텐츠를 더욱 강화했다.

만들어졌지만
끈질긴 공동체의 정서

이로써 라디오라는 테크놀로지는 한국이라는 공동체를 하나로 묶는 핵심적인 통치의 장치로 기능하게 됐다. 공동체라는 것이 원래 존재하는 것이 아니라 '상상된' 것이라면, 테크놀로지는 그 상상을 구체적으로 만든다. '한국인'이라는 범주는 선험적으로 주어지는 것이 아니라, 1960년대 이후 같은 라디오 방송을 들으면서 만들어진 것이다. 라디오라는 매체는 1970년대 이후 텔레비전에 그 자리를 내줘야했다. 그에 따라 라디오가 전달하는 메시지 역시 국가 차원의 노골적인 공보보다는 점차 민간 차원의 문화 영역으로 이동했다고 볼 수 있다. 하지만 공동체를 만드는 매체의 힘은 여전히 남아 있다. 1980년대 이후 지금까지도 '별이 빛나는 밤에'를 들으며 학창 시절을 보냈던 사람들이 가지는 공동체 의식을 생각해보라. 텔레비전을 넘어 스마트폰을 통해 초고속 인터넷망으로 소통하는 세상이 됐지만 여전히 라디오 프로그램을 열심히 챙겨 들으며 시청자 코너에 참여하는 사람들이 존재하는 이유다.

대학생이 된 후 나는 라디오와 점차 멀어졌다. 매일 귀가 시간이 달랐으니 차분하게 라디오를 들을 시간이 있었을 리가 없다. 하지만 그 시절 두근두근하며 들었던 방송에 대한 추억은 남아 있다. 그리고 나와 같은 라디오 방송을 들었던 사람들과는 왠지 약간의 동질감마저 느낄 수 있을 것 같다. 그래서일까. 지금도 가수 이문세의 목소리만 들리면 학창 시절의 추억에 잠기게 된다.

반도체와 진공관의
평행우주

왜 어떤 테크놀로지는
밀려나지 않는가

아버지는 클래식 음악 애호가였다. 어린 시절 우리 집에는 아버지가 여러 해 동안 모은 LP 레코드판이 꽂혀 있었고, 큰 수박 만한 크기의 음반을 재생할 수 있는 턴테이블과 앰프, 스피커 등 오디오 시스템이 갖춰져 있었다. 초등학교 입학 전에 내가 한번 턴테이블로 장난을 치다가 전축 바늘을 부러뜨리는 사고를 친 이후 내게 그것은 건드려서는 안 되는 물건이 되었다.

그로부터 몇 년 후 아버지를 따라 오디오 가게에 갔던 기억이 떠오른다. 어느 복잡한 상가 건물에 위치한 가게에서는 다양한 종류의 앰프와 스피커를 조합해 음악을 들어

볼 수 있었다. 열 살 무렵의 일이라 정확히 기억이 나지는 않지만, 진공관 앰프가 유독 비싸다는 사실은 어깨너머로 들어 알아차릴 수 있었다. 가게에서 구경한 진공관 앰프는 기계 뒤쪽에 작고 날씬한 전구처럼 생긴 진공관이 여러 개 꽂혀 있었는데, 전원을 넣으면 주황색으로 은은하게 빛이 났다. 여러 조합으로 연주를 들은 후 아쉽게 발길을 돌렸으나 가게 주인은 소리의 깊이가 다르다며 구매를 권유했던 기억이 난다.

필수적인
전기회로 부품이었던 진공관

진공관은 19세기 후반에 나타나기 시작했다. 두 개의 금속판 사이에 전압을 걸어주면 판이 뜨거워지다가 한쪽에서 반대쪽으로 전자가 튀어 나가게 된다. 이를 '열전자 방출(thermionic emission)'이라고 한다. 미국의 발명가 토머스 에디슨은 백열전구를 발명하는 과정에서 이 현상을 관찰해 '에디슨 효과'라고 이름 붙이기도 했다. 이후 과학자와 엔지니어들은 에디슨 효과를 이용해 유용한 전기회로 부품을 만들어낼 수 있게 되었다. 두 개의 금속판을 유리관 속에 넣은 후 공기를 빼내면 전자의 흐름을 제어할 수 있다. 이를 이용해 한쪽으로는 전류가 흐르고 반대로는 흐르지 않는 일종의 전기 밸브를 만들어냈다. 영국의 물리학자 존 앰브로즈 플레밍(John Ambrose Fleming, 1849~1945)은 이렇게 만든 2극 진공관으로 라디오 신호를 검출하는 장치를 만드는데 성공했다. 이후 진공관은 전기 신호를 다루는 산업에 필수적인 부품이 되었다.

　제2차 세계대전 직후 가장 많은 수의 진공관을 사용하는 산업 분야는 전신·전화 산업이었다. 장거리 통신이 일반화되면서 전기 신호를 증폭해 주는 계전기(繼電器, relay)를 일정한 거리마다 설치하지 않으면 상대방의 목소리를 알아들을 수 없었기 때문이다. 계전기마다 여러 개의 진공관이 핵심 부품으로 들어갔다. 문제는 진공관이 깨지기 쉽고, 수명이 짧으며, 전력 사용량이 많다는 데 있었다. 이 때문에 당시 미국의 전화망을 총괄하고 있었던 AT&T는 계전기 유지·보수에 골머리를 앓을 수밖에 없었다. 장거리 전화망에 문제가 생길 때마다 선로상의 계전기를 확인하고 깨지거나 수명이 다한 진공관을 교체하는 작업은 쉬운 일이 아니었다. 결국 이 문제는 전쟁이 끝난 후 AT&T의 연구 부서인 벨 전화연구소의 주요 연구 주제 중 하나가 되었다.

진공관의 시대가 저물고,
트랜지스터의 시대가 오다

진공관을 대체할 수 있는 새로운 전자 부품이 등장한 것은 1947년의 일이었다. 벨 연구소의 물리학자들은 게르마늄이라는 반도체 물질을 이용해 진공관의 기능을 대신할 수 있는 고체 소자를 만드는 데 성공했다. 새끼손톱보다 작은 트랜지스터가 엄지손가락보다 큰 진공관을 대체했으니 가히 혁명적인 기술 변화라 할 수 있었다. 게다가 깨지기 쉬운 진공관과는 달리 고체 소자인 트랜지스터는 깨질 염려도 없었다. 이후 트랜지스터는 전자회로에서 빼놓을 수 없는 부품이 되었고, 집적회로로 만들어지면서 점점 더 복잡한 전기 신호를 처리할 수 있게 되었다. 오늘날 우리가 사용하는 수많은 '스마트' 기기에는 트랜지스터와 그 후예들이 들어가 있다.

트랜지스터를 이용한 전기 제품은 얼마 지나지 않아 한국에도 소개되었다. 금성사는 1959년 최초의 국산 라디오인 A-501 모델을 출시했다. 이 모델은 5개의 진공관을 이용해 전파를 검출하고 전기 신호를 증폭했다. 하지만 그 이듬해부터 출시된 금성사 라디오는 대부분 트랜지스터를 이용한 것들이었다. 이때부터 '트랜지스터'라는 단어가 곧 라디오를 뜻하게 되었다. 서두에서 언급했던 오디오 앰프에서도 점차 트랜지스터가 진공관을 대체해갔다.

그 이후 음악을 감상하는 기술적 환경은 수많은 변화를 겪었다. LP 레코드판의 시대는 곧 저물고, 카세트테이프를 소니 워크맨 또는 삼성 마이마이로 듣는 시대를 거쳐 곧 CD의 시대가 도래했다. 이후 디지털 테크놀로지의 가속적 발전은 음원을 압축하는 기술을 낳았고, 우리가 상상할 수 있는 모든 음원을 온라인 서버에서 다운로드해 모바일 기기로 재생할 수 있는 세상이 되었다. 그 과정은 분명히 음악 감상을 편리하게 만들기 위한 것이었다. 음원을 디지털 방식의 데이터로 주고받게 되면서 음악은 소유한다는 개념에서 필요에 따라 접근한다는 개념으로 바뀌게 되었다. 음악을 감상하는 행위 역시 음악감상실에서 이루어지는 집단 체험에서 이어폰을 사용하는 개인적인 경험으로 탈바꿈했다.

어떤 기술이 살아남아
선택받는가

기술의 역사를 돌아보면 20세기는 크게 진공관의 시대였던 전반과 트랜지스터의 시대였던 후반으로 나눌 수 있다. 1940년대 말에 등장한 트랜지스터는 이후 엄청난 기술적 발전을 거듭해 세계 기술의 풍경에서 빼놓을 수 없는 위치를 차지하게 되었다. 하지만 이러한 일련의 기술 변화를 일방향적이고 선형적인 '발전'으로 받아들여야 할 것인가?

트랜지스터의 시대가 70년 동안 이어진 오늘날까지도 진공관의 아날로그적 감성을 찾는 사람들이 있다. 앞서 내가 아버지와 오디오 가게에서 진공관 앰프로 음반을 감상했을 무렵이면 이미 트랜지스터가 상용화된 지 30년이 지났을 때였다. 진공관이라는 지나간 패러다임에 집착하는 사람들의 심리란 무엇일까? 진공관 앰프가 내는 음향에 매력을 느끼는 것은 지나가버린 과거에 대한 향수에 불과하다고 평가해야 하는가. LP판 위에 전축 바늘을 올려놓는 순간 내가 '지직'하는 소리에 전율하는 것은 빈티지(vintage)한 것을 추구하는 별난 미적 감각으로 볼 수밖에 없는가. 진공관과 트랜지스터의 이야기는 기술의 변화가 어떤 의미인지 질문을 던지게 한다.

시간이 흘러도 진공관을 찾는 이들은 디지털 테크놀로지로 부호화된 음원이 전달하는 음색이 평면적이라고 생각한다. 진공관 앰프는 원음의 심도(深度)와 공간감을 잘 표현하며 전체적으로 소리의 왜곡이 적다고 알려져 있다. 이러한 차이를 구별할 수 있는 마니아들은 여전히 진공관 앰프로 음악을 듣고 싶어하며, 1970년대 미국과 소련에서 만든 구형 진공관을 구하기 위해 헤맨다. 때로는 많은 비용을 들여 적당한 진공관을 주문 제작하는 경우도 있다고 한다.

이러한 소비자들의 존재는 '좋은 기술'이라는 단일한 기준을 정의하는 것이 사실상 불가능하다는 사실을 잘 보여준다. 우리는 현재 트랜지스터의 시대를 살고 있지만, 진공관의 시대가 미약하나마 그에 평행하게 유지되고 있는 것이다. 결국 기술에 대한 평가는 각 개인 또는 집단이 서 있는 위치에 따라 달라질 수밖에 없다. 어떤 기술을 '좋은 기술' 또는 '성공한 기술'이라고 평가하는 것은 사회적인 논쟁과 협상의 결과물일 뿐이다. 테크놀로지의 다양성을 받아들이고 인정하는 것만이 점점 다변화되는 사회적 요구를 충족시킬 수 있을 것이다.

무선호출기가
만들어낸 사회 변동

의사들이 여전히
'삐삐'를 쓰는 이유

내가 재직 중인 학교에서 그리 멀리 떨어져 있지 않은 곳에 서울생활사박물관이 개관했다. 3층으로 이루어진 아담한 규모의 박물관은 1950년대 이후 급격한 변동이 일어난 서울이라는 공간 속에서 보통 사람들이 어떻게 일상생활을 영위했는지를 보여준다. 한국 현대사는 대통령과 장군, 학생운동 지도자들이 만든 것만은 아니라는 사실을 상기시켜주는 전시였다. 사람들의 생활상을 알기 위해서는 포고문이나 경제개발계획안이 아니라 해당 시대에 그들이 사용한 사물에 주목해야 한다.

전시품 중 1990년대 이후 빠른 속도로 변모한 각종 통신기기가 눈에 띄었다. 시간이 갈수록 점점 크기가 작아지는 휴대전화도 인상적이었다. 하지만 1990년대에 크게 유행한 무선호출기, 이른바 '삐삐'야말로 지난 30년 동안 우리의 일상생활에 얼마나 큰 변화가 있었는지를 보여주는 물건이었다.

내가 처음 삐삐를 갖게 된 것은 대학 2학년이던 1994년의 일이었다. 그로부터 1년 전 처음 대학에 입학했을 때만 해도 학과 동기 60명 중에 삐삐를 가지고 있었던 친구는 많아야 서너 명뿐이었다. 그러던 것이 불과 1년 만에 그 수가 대폭 증가했다. 그 변화는 학과 연락처 명단을 통해 알 수 있었다. 신입생 시절의 연락처는 대개 자택이나 하숙집·자취방의 유선 전화번호였으나, 그 이듬해에는 거의 대부분의 동기생이 012나 015로 시작되는 무선호출기 번호를 갖게 된 것이다.

당시에 내가 사용하던 무선호출기는 모토로라(Motorola)사의 제품이었다. 가격은 대략 십만 원 정도였고, 매달 사용료로 만 원 정도가 나갔던 것으로 기억한다. 작은 건전지 하나를 넣으면 꽤 오래 사용할 수 있으니 지금의 스마트폰처럼 충전기에 매달려 있을 필요도 없었다. 1994년에 구입한 제품을 1998년 초 군에 입대할 때까지 사용했다. 쉽사리 망가지지 않아 몇 년 동안 교체하지 않고 사용할 수 있는 물건이었다. 서울생활사박물관에도 1994년에 내가 사용했던 모델이 전시되어 있었다. 그만큼 당시 젊은층 사이에서 인기가 있었던 셈이다.

특수 직업군의 테크놀로지에서
모두를 연결하는 테크놀로지로

무선호출기는 매우 단순한 테크놀로지이다. 무선호출망을 통해 신호가 발신되면 단말기를 통해 0부터 9까지의 숫자로 나열된 신호를 수신한다. 요즈음 스마트폰을 통해 초당 몇 기가바이트의 신호를 주고받을 수 있는 것과 비교하면 극도로 제한된 통신 대역폭이다.

무선호출기의 역사는 1921년 미국 디트로이트 경찰이 순찰 중인 경찰관에게 메시지를 전달하는 기기를 개발하면서 시작됐다. 1949년에 캐나다 출신의 미국인 발명가 알 그로스(Irving "Al" Gross, 1918~2000)는 뉴욕시 유태인 병원에서 응급 환자에 대응하는 의사들을 호출하기 위한 장치를 발명해 특허를 받았다. 이렇듯 초기의 무선호출기는 경찰, 소방관, 의사 등 특수한 직종에 종사하는 사람에게 신속하게 메시지를 전달하기 위한 통신기기였다. 심지어 1964년 RCA 연구소에서 액정 디스플레이 기술을 처음으로 개발하기 전까지 무선호출기는 메시지를 표시하는 기능도 없었다. 미리 약속된 메시지를 신호음에 따라 파악할 수밖에 없었던 것이다.

특수 용도로만 사용되던 무선호출기가 일반인들에게 허용되기 시작한 것은 1958년의 일이었다. 새로 열린 무선호출기 시장을 독점하다시피 한 회사가 모토로라였다. 모토로라는 제2차 세계대전 중 미군에 무전기를 납품하면서 통신기기 업계의 주요 기업으로 성장했고, 이후 무선호출기와 휴대전화로 이어지는 수많은 히트작을 남겼다. 무선호출기를 '페이저(pager)'라고 부르기 시작한 것도 모토로라였다. 이 말은 '심부름을 하는 소년 하인'이라는 뜻을 가진 라틴어 '파기우스(pagius)'에서 왔다. 나이 어린 하인이 메시지를 전달하기 위해 숨 가쁘게 뛰어다니던 일을 전파 신호가 대신하게 되었다. 이후 미국을 비롯한 세계 각국에서 무선호출기 사용자 수가 급격하게 증가했다. 1980년 무렵에 그 수는 약 320만 명으로 늘었고, 1994년이 되자 그 스무 배 가까운 6100만 명이 됐다.

삐삐로 보는
1990년대의 풍경들

한국에서 일반인이 무선호출기를 사용할 수 있게 된 것은 1982년의 일이었다. 그동안 특수한 직업군에 종사하는 사람이 업무용으로만 사용할 수 있도록 제한했던 것을 일반인에 허용하기 시작했다. 이를 위해 한국전기통신공사는 서울 을지전화국에 무선호출취급국을 설치했고, 우선 300명의 가입자를 받아 서울 지역을 중심으로 시범 운영한다는 계획이었다. 무선호출기 가입자는 1992년 87만 명, 이듬해인 1993년에는 250만 명으로 폭증했다.

미국에서도 그랬지만 한국에서도 무선호출기 초기의 주요 고객은 기업들이었다. 특히 외근이 많은 영업직 직원들이 회사와 신속하게 연락을 주고받기 위한 목적이었다. 이 때문에 무선호출기를 '개 목걸이'로 비하해 부르기도 했다. 하지만 일단 자리를 잡은 이후에는 애초의 도입 목적과는 달리 업무용이 아닌 개인용 통신기기로 널리 이용되기 시작했다. 그러자 무선호출기는 예기치 않은 여러 사회 현상을 일으켰다. 대학 입학시험이 '선지원 후시험'으로 바뀌면서 원서 접수 창구에서 이른바 눈치작전을 펼칠 때 무선호출기가 일제히 이용되면서 불통 사태를 빚었다. 상당수가 가명·차명으로 무선호출기에 가입해 각종 범죄에 악용되는 일도 있었다.

한국 '삐삐 열풍'의 가장 큰 특징은 무엇보다도 가입자의 연령대가 점점 낮아졌다는 데 있었다. 처음에는 업무상 연락을 주고받아야 할 필요가 있는 직장인이 주로 사용했지만, 점차 대학생과 고등학생들이, 이후에는 초등학생들 사이에서도 무선호출기가 유행했다. 이러한 변화는 특정한 테크놀로지가 갖는 사회적 의미가 빠르게 바뀔 수 있다는 점을 잘 보여준다. 19세기 말 알렉산더 그레이엄 벨

(Alexander Graham Bell, 1847~1922)이 처음 전화 사업을 시작했을 때 유선전화는 사무용 통신기기로만 받아들여졌다. 이후 일반 가정에까지 전화가 확산되면서 '전화'라는 사물이 갖는 의미가 달라졌고, 그에 따라 전화 통화를 주고받는 에티켓까지 변화하게 됐다. 마찬가지로 무선호출기는 경찰이나 의사 등이 '특수 목적'으로 사용하는 기기에서 직장인들의 업무용 기기로, 나아가 대학생과 청소년들이 사적 용도로 사용하는 통신기기로 자리 잡았다.

다른 한편으로 당시 젊은 세대 사이에서의 무선호출기 유행은 한국 청년들의 주거 형태와 연관이 있어 보인다. 성인이 되면 부모의 집을 나가 독립된 가구를 형성하는 문화라면 유선전화에 자동응답기를 달아 무선호출기의 기능을 충분히 대신할 수 있다. 그래서인지 미국에서 무선호출기는 직장인을 상징하는 물건이었고, 젊은이들 사이에서 유행을 일으키는 데 실패했다. 하지만 1990년대 한국의 대학생들은 대개 부모와 함께 거주했기 때문에, 부모로부터 자신의 사생활을 지키기 위해 무선호출기를 선호했던 것이 아니었을까. 삐삐가 젊은이들 사이에서 유행하자 그들만이 알아볼 수 있는 '삐삐 은어'가 생겨나기도 했다. 당시의 기성세대들은 '1126611'이라는 메시지가 '사랑해'라는 의미라는 것을 상상할 수조차 없었을 것이다. 야심한 시간에 부모의 눈과 귀를 피해 집 앞 공중전화 박스에 쭈그리고 앉아 연인에게 음성 메시지를 보내는 모습을 어렵지 않게 찾아볼 수 있던 때였다.

오래된 기술이
더 좋을 때도 있다

그로부터 몇 년 후 무선 휴대전화의 시대가 도래하면서 무선호출기는 등장할 때보다 빠른 속도로 자취를 감췄다. 하지만 우리 주변에서 찾아볼 수 없다고 해서 아예 없어진 것은 아니다. 2017년 기준 의료기관 종사자들을 중심으로 3만여 명의 가입자가 여전히 삐삐를 사용하고 있다. 대부분의 사람이 스마트폰을 이용하는 오늘날에 이르기까지 무선호출기가 살아남을 수 있었던 이유는 무엇보다도 신뢰성과 안정성 때문이다. 아무리 스마트폰이 초당 수십 MB의 데이터를 주고받으며 고화질 화상통화가 가능할지라도, 배터리 충전 없이 하루 이상 버티기는 어렵다. 게다가 많은 사용자가 하나의 기지국에 몰리면 통화 품질이 떨어지거나 아예 불통 상태에 빠지기도 한다. 무선호출기는 단 하나의 기능, 즉 사용자에게 십여 개의 숫자를 전송하는 일밖에 할 수 없지만, 작은 배터리 하나로 한 달까지 버틸 수 있을 뿐만 아니라 고장이나 오류가 발생할 가능성이 훨씬 낮다.

이렇듯 한번 인간 사회에 자리 잡은 테크놀로지는 여러 이유로 쉽사리 사라지지 않는다. 우리는 특정한 기술적 사물에 대단히 다양한 기대를 품곤 한다. 하지만 그러한 기대를 하나의 기준으로 재단하는 것은 가능하지도 않을뿐더러 때로는 위험하기까지 할 수 있다. 스마트폰과 같이 복잡하고, 무겁고, 다양한 기능을 수행할 수 있는 테크놀로지가 필요할 때도 있지만, 무선호출기처럼 단순하고, 가볍고, 믿음직스러운 테크놀로지가 위력을 발휘하는 순간도 있기 때문이다.

생필품이 된
스마트폰

누가 빅데이터를 말하는가

스마트폰이 이렇게까지 일상을 바꿔놓을 것이라고 예측한 사람이 있었을까?

내가 처음 스마트폰을 갖게 된 것은 2011년 가을의 일이었다. 구형 폴더폰이 수명을 다한 후 갈아탄 내 첫 스마트폰은 '아이폰 4'였다. 전자 기기에 비교적 둔감한 내게 스마트폰 세상은 그야말로 신세계였다. 금융 기관 앱을 설치하자 은행과 ATM에 직접 갈 일이 급격하게 줄어들었다. 곧 배달 앱 서비스가 시작돼 전화를 걸지 않아도 치킨이나 짜장면을 주문할 수 있게 되었고, 음식값은 휴대폰 요금에 합산해 결제하니 신용카드 번호를 입력할 필요도 없어졌다.

자기 전에는 스마트폰으로 팟캐스트를 다운로드받거나 스트리밍해 라디오처럼 이용한다. 낯선 곳에는 지도 앱을 켜지 않고는 길을 찾을 수 없게 되어버렸다. 스마트폰은 내 일상생활의 점점 많은 부분을 차지하기 시작했다.

스마트폰은 어떻게 이런 수많은 기능을 수행할 수 있는 것일까. 뒷면을 뜯어 부품을 자세히 살펴보면 어느 정도는 알 수 있게 된다. 가장 큰 부피를 차지하는 것은 단연 배터리다. 그 뒤 전자 기판에는 컴퓨터의 CPU에 해당하는 프로세서와 메모리 칩, 데이터 통신을 가능하게 해 주는 칩 등이 달려 있다. 전파를 수신하는 안테나도 꽤 큰 부품이다. 그 외 스피커와 마이크, 카메라, 진동 모터 등이 곳곳에 달려 있다. 스마트폰을 '스마트'하게 해주는 것은 각종 센서들이다. GPS·가속도·자이로 센서는 스마트폰의 위치와 이동 방향, 회전 상태를 감지한다. 온도·습도·기압을 측정하는 센서도 있다. 지자기 센서는 주변의 자기장을 감지해 방위를 알 수 있게 해준다. 700~800개에 달하는 부품들을 모아 한 손에 쥘 수 있는 크기로 설계하고, 오류 없이 작동하도록 조립해 완성품을 만들어내는 것은 스마트폰 기술의 중요한 부분이다.

미래에 대한 상상을
상징하는 테크놀로지

스마트폰을 비롯한 휴대용 스마트 기기는 미래를 상상할 때 현재와 미래를 잇는 핵심적인 연결고리다. 그것은 일단 스마트폰 자체의 기능성과 위력 때문이다. 이는 어느 정도 는 테크놀로지 자체의 성과라고 할 수 있다. 하지만 스마트 폰이 이 정도로 사회적 영향력을 발휘하게 된 것은 그것의 '편재성(遍在性, ubiquity)' 때문이다. 즉, 기술도 기술이지만 스마트폰이 이 정도로 보편화되지 않았다면 우리가 알고 있는 수많은 사회적 변화는 가능하지 않았을 것이란 뜻이 다. 실제로 2019년 현재 한국의 스마트폰 보급률은 95퍼센 트에 달한다. 특히 20~30대 청년들 사이에서는 거의 100퍼 센트에 육박하고 있다. 온 국민이 음성 및 데이터 통신이 가 능하고, 고해상도 카메라와 각종 센서를 장착한 강력한 컴 퓨터를 한 대씩 휴대하고 다니는 것과 다름이 없는 상황인 셈이다. 게다가 하루가 멀다 하고 기기가 업그레이드된다. 이처럼 사회 전반에 고르게 퍼져 있는 '컴퓨팅 파워'는 문서 편집, 영상 시청, 음성 또는 문자 전송 등 우리에게 이미 익 숙한 기능을 더욱 빠르게 만드는 것에 그치지 않고, 이를 넘 어 과거에 존재하지 않았던 새로운 가능성으로 이어지리라 는 기대를 한 몸에 받고 있다. 이제는 벌써 식상해졌지만 이 른바 '4차 산업혁명'에 대한 기대감이다.

그러므로 스마트폰이라는 테크놀로지가 불러온 현상은 기존의 사회적 관계와 맥락을 이해하지 않고서는 설명할 수 없다. 그리고 때로 테크놀로지가 사회에 미치는 영향력은 기획자나 기술자 등 기술을 만들어내는 사람들이 예측할 수 없는 방식으로 발현된다. 이를 상징적으로 보여준 것이 택시 산업계의 갈등이었다.

2015년 3월 다음카카오는 '카카오택시' 서비스를 시작했다. 스마트폰 앱을 통해 택시 기사와 승객을 실시간으로 연결해 주는 플랫폼이었다. 개념상 기존의 콜택시 서비스와 다르지 않았다. 다만 광범위하게 보급된 스마트폰을 이용해 콜택시 회사라는 중개자를 쓸모없게 만들었다. 택시업계로서는 이러한 서비스를 거부할 이유가 없었다. 택시 호출 앱 서비스는 여러모로 편리했고, 다음카카오에서 수수료를 떼어가는 것도 아니었다. 이렇게 해서 스마트 IT업계는 모빌리티 시장에 첫발을 무사히 내딛었다. 이용자 수도 꾸준히 늘어 불과 2년 반 만에 무려 2300만 명이 '카카오 T' 앱을 사용하게 되었다.

스마트폰 앱으로 택시를 호출하는 일이 일반화되자 생각하지 못했던 일들이 생기기 시작했다. 호출 앱으로 택시 기사들이 승객들의 행선지를 미리 알 수 있게 되자 단거리 승객을 거부하는 현상이 나타난 것이다. 특히 택시를 잡으려는 사람들이 많은 심야 시간대 강남이나 종로 부근에서는 웬만큼 멀리 가지 않으면 카카오택시의 응답을 받기 어려워졌다. 예전 같으면 도로변에서 택시를 무작정 잡아타고 기사와 협상이라도 할 수 있었지만, 스마트 시대에는 그럴 가능성이 원천 봉쇄되었다. 승객들의 항의가 빗발치자 카카오 측은 '단거리 콜 인센티브'라는 기술적 해결책을 내놓았다. 앱 배차 알고리즘을 변경해 단거리 운행을 여러 차례 받아들인 기사에게 장거리 콜이 먼저 배당되도록 한 것이다. 하지만 단거리 승차 거부 문제는 쉽게 해결되지 않았다. 비교적 낮은 택시요금과 법인 택시 사납금 제도라는 택시업계의 근본적 문제가 남아 있기 때문이다. 결국 스마트폰 기술을 활용한 호출 앱은 기존의 복잡한 사회관계 위에 기술적 서비스를 덧씌운 것에 불과했다.

　최근에는 '플랫폼' 택시 사업을 시도하려는 움직임 역시 활발하다. 개인이 자신의 승용차를 이용해 필요할 때마다 택시 역할을 맡을 수 있도록 플랫폼을 제공하는 것이다. 이 경우 택시 기사와 승객이 아니라 기존 택시 업계와 신생 플랫폼 택시 업계 간의 갈등이 발생한다. '카카오 카풀'과 '타다' 등 스마트 모빌리티를 표방하는 기업들이 플랫폼 택시 사업을 시도한 것은 기존 택시 업계의 지형을 흔들어보기 위한 시도였다. 이러한 시도들이 더욱 격렬한 반대에 부딪히리라는 것은 어렵지 않게 예상할 수 있다. 2018년 10월의 택시 파업 이후 정부는 이른바 '상생안'을 만들기 위해 중재 노력을 계속하고 있지만, 현재까지도 적절한 절충안에 도달하지 못하고 있다. 스마트폰 시대가 낳은 사회적 갈등의 사례이다.

테크놀로지의
예기치 않은 가능성들

온 국민이 스마트 기기를 휴대하고 있다는 점에 대해 우리는 또 다른 질문을 던질 수 있다. 우리가 실시간으로 만들어 내는 막대한 양의 데이터, 즉 빅데이터에 관한 질문이다.

2015년부터 모빌리티 영역에 뛰어든 카카오는 지금까지 일부 프리미엄 서비스를 제외하고는 이 사업에서 수익을 내기 위해 적극적으로 나서지 않고 있다. 영리를 추구하는 기업이 왜 무료로 서비스를 제공하고 있는가? 여러 평론가가 지적하고 있듯이 방대한 데이터를 축적함으로써 미래 사업을 준비하고 있기 때문이다. 카카오는 이렇게 축적된 데이터를 바탕으로 2017년부터 '카카오모빌리티 리포트'라는 제목의 보고서를 내기 시작했다. 회사는 이 보고서가 "사회적 차원에서 카카오모빌리티가 기여할 수 있는 바를 찾으려는" 노력의 일환이라고 밝혔다. 2019년 발간된 세 번째 보고서에는 몇 가지 흥미로운 사실이 담겨 있다. 심야 시간에 택시 초과 수요가 많은 지역은 (예상할 수 있듯이) 역삼동과 종로, 서교동과 이태원이다. 그런데 역삼동과 종로는 자정 전후로 수요 최고치가 나타나고, 서교동은 자정과

생필품이 된 스마트폰

새벽 1시에, 이태원은 새벽 2시 이후에 최고치를 보인다고 한다. 이러한 데이터는 스마트폰 기술이 없었다면 만들어질 수 없었을 것이다. 여기에는 택시 기사가 단거리 승차 거부를 하고 플랫폼 택시를 반대하는 것보다 더 크게 사회를 변화시킬 잠재성이 있는지도 모른다.

누가 우리의 미래를
그리는가

그렇다면 지난 5년 동안 한국인의 이동 경로를 알 수 있는 빅데이터를 바탕으로 카카오모빌리티가 그리고 있는 미래는 무엇인가? 현재로서는 이 질문에 만족할 만한 대답을 할 수 없을지도 모른다. 누구에게나 공개된 '카카오모빌리티 리포트'를 통해 알 수 있는 것은 극히 제한적이다. 우리가 궁금해해야 할 것은 '카카오 T' 사용자들이 가장 즐겨 찾는 맛집이 어디인지가 아니다. (2019년 카카오내비 데이터에 따르면 정답은 전라북도 군산의 이성당 본관이다.)

정말로 중요한 질문은 '카카오모빌리티 리포트'가 이야기하고 있지 않은 것이 무엇인가이다. 그동안 축적된 데이터로 카카오모빌리티는 한국인과 한국인의 모빌리티에 대해 무엇을 알게 되었는가. 그리고 그렇게 알게 된 새로운 지식을 활용해 그리고 있는 미래 모빌리티는 어떤 모습인

가. 이러한 질문들에 대해 아직 카카오모빌리티 측도 명확한 대답을 가지고 있지 못할 수도 있다. 하지만 이제 서울 시내에서 심심치 않게 보이는 공유 전동 스쿠터와 전동 자전거, 점점 촘촘해져 가는 대중교통망, 그리고 자동차들 사이를 가로지르며 질주하는 배달 오토바이의 모습에서 무언가 변화가 일어나고 있음을 감지할 수 있다. 데이터를 축적하고 있는 사람들이 그 데이터로 무엇을 할 수 있는지 깨닫기 시작할 때 우리는 4차 산업혁명 시대에 첫발을 들여놓았다고 비로소 말할 수 있을 것이다.

생필품이 된 스마트폰

바둑판을 뒤집은 인공지능

인간은 끝내 기술에
패배할 것인가

바둑에 관심을 둔 사람에게 이세돌(李世乭, 1983~)은 한 시대의 전설 같은 존재였다. 그는 1995년, 12세에 프로 기사로 데뷔한 이후 빠르고 정확한 수읽기에 바탕을 둔 공격적인 기풍으로 기라성같은 선배들을 차례로 꺾어나가며 빠른 속도로 성장했다. 그가 성장한 시기, 바둑은 아직 한국인들의 일상적 취미 생활 중 하나였기 때문에 그를 향한 대중의 열광도 대단했다. 하지만 바둑의 시대가 점점 저물고, 그의 이름도 조금씩 희미해져가던 어느 날, 하나의 사건이 이세돌이라는 이름을 다시 수면 위로 떠올려 세계인의 뇌리에 각인시켰다. 바로 2016년 3월 열린 구글 딥마인드의 인공지능 프로그램 알파고와의 대국이었다.

그 결과는 우리 모두 잘 알고 있다. 이세돌은 대국 전 기자회견에서 "3대 2 같은 스코어가 문제가 아니라 내가 한 판이라도 지느냐의 승부일 것"이라며 특유의 자신만만한 모습을 보였다. 인공지능 테크놀로지가 아무리 발전했어도 세계 최정상급의 바둑 기사를 이기지는 못할 것이라는 자신감의 표현이었다. 게다가 이세돌은 정석(定石)에 얽매이지 않는 창의적인 묘수(妙手)로 일가를 이루지 않았는가. 모두가 그의 말에 고개를 끄덕였다. 이런 상황 속에서 이세돌이 세 판을 내리 패배하자 사람들은 큰 충격에 빠졌다. 세 번째 대국이 끝난 후 열린 기자회견에서 이세돌은 알파고가 "굉장히 놀라운 프로그램이지만 완벽한, 신의 경지에 오른 것은 아니"라고 평가했다. 마치 이튿날 열릴 네 번째 대국에서 유일한 신승(辛勝)을 거둘 것을 예측하는 듯한 말이었다.

이세돌 대 알파고,
그 은유가 말하는 것

알파고와의 대국 경험에 대해 이세돌 9단은 "이세돌이 패배한 것이지 인간이 패배한 것이 아니다"라는 말을 남겼다. 하지만 이 말이 대국을 지켜보던 사람들을 위로해주지는 못했다. 우리는 이미 이세돌과 알파고의 대국이라는 이

바둑판을 뒤집은 인공지능

벤트를 21세기 테크놀로지를 바라보는 하나의 거대한 은유(metaphor)로 받아들이고 있었다. 이 은유 체계 속에서 알파고라는 컴퓨터 프로그램은 '기계 대표'를, 이세돌은 '인간 대표'를 맡았다. 바둑이라는 게임은 인간이 기계에게 양보할 수 없는 일종의 전쟁터가 됐다. 인간에게 절대적으로 유리하다고 알려진 지형으로 기계가 공격해 들어왔다. 인간은 이곳에서 밀리면 더 이상 밀릴 곳이 없다는 듯 배수진을 쳤다. 그리고 당대 바둑 최고수 중 한 명인 이세돌을 대표로 내보냈다. 그는 참담하게 패배하고 말았다. 이 은유가 우리에게 말해주는 것은 무엇인가?

이세돌과 알파고의 대국을 '인간과 기계의 전쟁'이라는 은유로 받아들인다면 인류의 미래를 디스토피아로 생각할 수밖에 없다. 18세기 산업혁명 이래 인간의 노동은 기계에 의해 점점 더 많이 대체되어왔다. 초창기의 기계는 가축이나 노예의 근력을 대체하는 동력원 정도였다. 이후 기계 장치들이 점점 정교해지면서 인간의 복잡한 노동을 하나씩 대체해나가기 시작했다. 미국의 발명가 일라이 휘트니는 수작업으로 할 수밖에 없었던 목화씨를 분리하는 작업을 기계화하는 데 성공해 이름을 남겼다. 20세기 중반 이후 기계는 컴퓨터와 결합해 이전에는 상상할 수조차 없었던 작업들을 자동화했다. 오늘날 자동차 공장에 가보면 그 결과를 금세 실감할 수 있다. 백 년 전에 수많은 노동자들이 달라붙어 했어야 할 일을 지금은 거대한 로봇 팔이 훨씬 빠른 속도로 수행하고 있다. 인공지능 알파고는 이러한 변화의 연속 선상에 놓여 있다. 이미 20년 전 미국의 컴퓨터 과학자 빌 조이(Bill Joy, 1954~)가 예견했듯이 "미래는 우리(인간)를 필요로 하지 않는" 것일까.

하지만 다시 생각해 보면 이 은유는 최근의 변화를 어떻게든 이해할 수 있는 것으로 만들기 위한 우리의 노력을 반영한다. 스스로 인지하고 판단할 수 있는 인공지능의 외피를 만들어내기 위해 얼마나 많은 인간 엔지니어들의 노력과 수많은 인간들이 축적한 '데이터'가 필요했는가. 알파고 역시 한순간 혜성처럼 등장한 것처럼 보였을지 모르지만, 그 시스템을 구동하기 위해 수면 밑에서 보이지 않는 노동을 수행한 사람들이 있었다. '인간과 기계의 대결'이라는 은유는 인간과 기계의 복잡한 관계를 제대로 드러내기에는 역부족이다. 이런 면에서 은유는 새롭고 복잡한 현실을 이해할 수 있게 만들어주기도 하지만, 다른 한편으로는 우리의 사고를 제약하기도 한다.

알파고와의 대국 이후 이세돌 9단이 보여준 품격 있는 행보는 인공지능을 둘러싼 최근의 변화를 이해하는 전혀 다른 은유의 가능성을 시사한다. 그는 2019년 11월 19일 한국기원에 사직서를 제출했다. 프로 기사로서 은퇴한다는 것이었다. 그는 은퇴 발표 이후 한 언론과의 인터뷰에서 인공지능의 등장이 은퇴의 큰 이유 중 하나라고 밝혔다. "저는 바둑을 예술로 배웠거든요. 둘이서 만들어가는 하나의 작품, 이런 식으로 배웠는데 지금 과연 그런 것들이 남아 있는지…" 이 말은 한 분야에서 최정상에 도달한 사람이 자신의 직업에 어떤 의미를 부여하고 있는지를 보여준다. 그리고 이러한 자기 성찰은 아직까지 어떤 기계 장치도 스스로 해낼 수 없는 일이다. 이제 인공지능이 인간보다 바둑을 잘 둔다는 사실은 부인할 수 없다. 세계 최고수도 열 판 두면 열 판 모두 질 정도가 됐다. 그렇다면 인간이 바둑을 두는 의미는 무엇인가?

바둑에 패배한 인간은
기술에 패배한 것인가

이세돌은 사직서를 제출하고 이틀 뒤 은퇴 대국으로 NHN 엔터테인먼트가 개발한 국산 바둑 인공지능 프로그램 '한돌'과 세 차례 대결할 것이라고 발표했다. 그는 한돌에 두 점을 까는 접바둑을 두고, 패배하면 2번기는 세 점을 까는 이른바 '치수고치기' 방식으로 두겠다고 밝혔다. "예술로서의 바둑"이라는 의미가 사라진 지금, 이세돌의 은퇴 대국은 인공지능 소프트웨어가 어디까지 진화했는지를 여실히 보여주기 위한 설계였다. 이 대국에서 그는 1승 2패를 거두고 바둑계를 떠났다. 그의 이후 행보는 아직 알려진 바가 없다. 이를 인간이 기계에 패배해 바둑이라는 전쟁터에서 퇴각한 사건으로 보아야 할까? 인공지능의 등장은 이세돌이 평생 직업으로 삼아온 바둑이라는 영역의 의미를 근본적으로 성찰해볼 수 있는 계기가 됐다. 이제 30대 후반인 그가 앞으로 어떤 일을 하게 될지는 아직 모르겠지만, 알파고와의 만남은 한 인간으로서 이세돌이 한층 성장할 수 있는 중요한 결절점이 되었다. 그리고 이세돌을 통해 인류 전체가 한 단계 성숙할 수 있는 가능성을 엿보게 되었다.

이세돌의 은퇴 대국이 끝난 후 인간과 인공지능의 관계를 보여주는 또 하나의 흥미로운 사건이 발생했다. 2020년 1월 14일 한국기원에서 열린 프로 기사 입단 대회에서 부정행위가 적발됐다. 한 선수가 입고 있던 코트 단추에 소형 카메라를 달아 대국 상황을 외부로 전송했고 무선 이어폰을 통해 훈수를 받았다. 특기할 만한 것은 훈수를 둔 것이 사람이 아니라 인공지능 프로그램이었다는 점이다. 웬만한 바둑 사범보다는 인공지능의 도움을 받는 것이 승리의 지름길이라고 판단했던 것이다. 인공지능 시대의 풍속도다. 곧 여러 영역에서 유사한 사건이 발생할지도 모르겠다. 일부는 인공지능과 결합한 사이보그가 되어 그렇지 못한 사람들의 우위에 서는 길을 택할 것이다. 하지만 이렇게 쟁취한 우위는 오래 가지 못한다. 21세기 인류가 진보할 수 있는 유일한 길은 새로운 테크놀로지가 만들어낸 세상 속에서 자신의 위치를 근본적으로 성찰해보는 것뿐이다.

인공지능이라는 테크놀로지는 단순히 부품의 합이나

수학 공식, 매끄러운 금속성 외모의 로봇, 기괴한 존재 같은 것이 아니라 인간의 경험을 축적해 추출한 정수를 찾으려는 시도다. 그로부터 어떤 성과가 나온다면 이는 한두 명 개발자의 공이 아니라 오랜 시간에 걸쳐 집합적인 노력 끝에 이룬 전 인류의 성취일 것이다. 이렇게 만들어진 테크놀로지는 인류가 대결해야 할 상대가 아니라, 각자의 역할을 적절하게 나누어 최선의 결과를 얻어내야 할 대상이어야 한다. 인간이 가장 잘 할 수 있는 일이 무엇인지를 성찰하는 것이야말로 인공지능과 4차 산업혁명의 시대에 대비하기 위한 최선의 방책이다. 인공지능이 대체한다는 인간의 노동은 무엇이며, 그것이 대체되고야 말 것이라는 섣부른 약속과 전제, 그로부터 이끌려 나오는 정책과 전략들이 놓치고 있는 것은 무엇인가?

PART 4

발전의
담론이
말하지
않은 것

원자폭탄 개발

절멸의 테크놀로지가
왜 필요한가

1945년 7월 15일 밤. 미국 뉴멕시코주 남부 앨라모고도에
서는 세계 최초의 원자폭탄 시험을 위한 준비가 모두 끝났
다. 황량한 사막 가운데 30미터 높이의 철골 탑이 우뚝 솟
아 있었다. 탑 위에 설치된 작은 움막 안에서 플루토늄 폭탄
의 최종 조립 작업이 이루어졌다. 완성된 폭탄은 지름이 사
람 키 정도 되는 구 형태를 띠고 있었고, 구 표면에 설치된
트라이나이트로톨루엔(TNT)을 동시에 기폭하기 위한 전선
이 복잡하게 얽혀 있었다. 폭발 순간이 되면 TNT가 먼저
폭발하면서 플루토늄-239 연료를 구의 중심을 향해 세차게
밀어 넣게 될 예정이었다. 시험에 참여한 과학자들은 플루

토늄 연료가 한 곳에 모이면서 임계질량을 넘어서면 핵분열 연쇄반응이 시작되어 엄청난 양의 에너지가 분출될 것이라고 예측하였다. 예정된 작업을 마친 후 작업자들은 모두 철수했다.

그날 어둠이 내려앉자 예측 불허의 여름 사막 날씨답게 갑자기 먹구름이 몰려오더니 천둥 번개와 함께 폭우가 내리기 시작했다. 맨해튼 프로젝트 총책임자인 로버트 오펜하이머(J. Robert Oppenheimer, 1904~1967)는 젊은 화학자 도널드 호닉(Donald J. Hornig, 1920~2013)을 곁으로 불렀다. "자네가 올라가서 밤새 폭탄을 지키는 것이 좋겠네." 오후 9시쯤 호닉은 어둠 속에서 사다리를 타고 비바람을 뚫으며 탑 꼭대기로 올라갔다. 그의 뒷주머니에는 본부와 교신을 주고받을 무전기와 심심풀이로 읽을 책이 한 권 꽂혀 있었다. 호닉은 '장치'라는 별명을 가진 원자폭탄 옆에 걸터앉았다. 가지고 올라간 책을 읽으려 펼쳐 들었지만 하늘을 찢는 듯한 천둥과 번개 때문에 집중하기 어려웠다. 자정이 넘어가자 비바람이 잦아들기 시작했다. 그로부터 얼마 후 호닉은 탑에서 내려와도 좋다는 무전을 받았다.

호닉이 탑에서 내려온 후 시험 시각이 최종적으로 결정됐다. 예정된 시각은 05시 30분이었다. 5시가 넘어가자 과학자들은 각자 준비해온 검은색 안경을 꺼내 들었다. 5시 10분부터 카운트다운이 시작됐다. 그로부터 약 20분 후인 05시 29분 45초, 역사적인 원자폭탄 시험이 시작됐다.

폭심지로부터 8킬로미터가량 떨어진 벙커에서 과학자들이 가장 먼저 느낀 것은 눈부신 섬광이었다. 잠시 후 거대한 후폭풍과 엄청난 굉음이 뒤따랐다. 그 뒤에는 뜨거운 열기가 느껴졌다. 시험 장면을 16킬로미터 이상 떨어진 곳에서 지켜본 한 헌병대원은 "태양과 같은 열기가 얼굴 위로 쏟아졌다"고 회상했다. 훗날 호닉은 오렌지색으로 빛나는 불덩이가 하늘로 소용돌이치며 치솟는 모습이 자신이 본 "가장 미적으로 아름다운(aesthetically beautiful)" 장면 중 하나였다고 회고했다. 당시 호닉은 만 25세였다.

미적으로 가장 아름다운, 윤리적으로 가장 처참한 그날 이후

호닉이 목격한 빛나는 불덩이는 그로부터 몇 주 후 일본 히로시마에서 다시 볼 수 있었다. 그것을 지켜본 것은 일본인들만이 아니었다. 당시 히로시마에는 약 5만 명의 조선인이 살고 있었다. 그중에는 2년 전 징용공으로 동원된 젊은이들이 포함돼 있었다. 전쟁이 본격화되면서 후방의 군수 공장에서 일할 노동력이 부족해지자 일본 정부는 조선에서 보통학교 이상의 학력을 지녀 의사소통에 불편함이 없는 인력을 동원했던 것이다. 일본인들은 이들을 완곡하게 '응징사(應徵士)', 즉 징용에 응한 사람들이라고 불렀다. 1923년 충청남도 당진에서 태어난 최염(崔念)이 경성과 경기도 일대에서 갓 스무 살이 된 청년들 수백 명과 함께 부산에서 연락선을 타고 히로시마에 도착한 것은 1943년 가을의 일이었다. 이들은 모두 미쓰비시중공업 히로시마 조선소에 배속되어 군함을 건조하는 일을 하게 되었다.

1945년 8월 5일 밤, 또 한 기의 원자폭탄이 태평양 마리아나 제도의 티니안섬에서 완성됐다. 이번에는 우라늄-235를 주 연료로 하는 폭탄이었다. 완성된 폭탄을 탑재한 B-29 폭격기는 북서쪽으로 2,500킬로미터 떨어진 히로시마를 향해 이륙했다. 폭격기가 6시간에 걸친 비행 끝에 이튿날 아침 히로시마 상공에 도착했을 무렵, 조선인 '응징사' 최염은 미군 공습에 대비하기 위한 건물 소개(疏開) 작업에 한창이었다. 방공용 공터를 확보하기 위해 주택이나 상가 건물을 철거하는 작업이었다. 징용공들은 무더운 여름 날씨에 겉옷을 벗고 '난닝구' 차림으로 철거 잔해물을 옮기고 있었다. 그때 머리 위로 '웅~' 하는 폭격기 엔진음이 들렸다. 단 한 대의 은색 비행기가 하늘 위를 지나고 있었다. 그래서인지 평소에 지겹도록 울리던 공습경보 사이렌도 울리지 않았다.

오전 8시 15분경, 눈부신 섬광이 번쩍인 후 최염은 몸이 번쩍 들리는 느낌과 함께 정신을 잃고 말았다. 폭심지 가까이에서 폭탄의 위력을 맨몸으로 받아냈으니 멀쩡할 리 없었다. 맨눈으로 섬광을 바라보자 한동안 눈을 뜨기조차 어려웠다. 온몸에는 화상을 입었고, 후폭풍으로 날아든 파편에 맞아 피투성이가 되었다. 이날 히로시마에 거주하던 약 5만 명의 조선인 중 10분의 1정도가 사망한 것으로 추정된다. 다량의 방사선에 피폭된 생존자들 중 상당수는 이후 짧게는 수년, 길게는 수십 년 후 여러 종류의 암이 발병해 사망하기도 했다. 특히 조선인 징용공들의 거주지는 폭심지에서 비교적 가까웠기 때문에 피해가 컸다. 미국인 과학자 호닉은 원자폭탄의 폭발을 "미학적으로 아름답다"고 표현했지만, 그의 동년배 조선인 최염은 그것을 느낄 여유조차 없었다. 최염은 그날을 넘기지 못하고 세상을 떠나고 말았다.

가장 엄청난 비극은
아직 터지지 않았다

원자폭탄은 20세기 인류가 만들어낸 테크놀로지 중에 가장 인상적이고 충격이 크다고 말해도 무리가 없을 것이다. 미국은 히로시마에서 최초의 원폭 투하를 감행한 3일 후, 8월 9일에 두 번째 폭탄을 나가사키에 떨어뜨렸다. 두 차례에 걸친 원폭 투하는 제2차 세계대전을 종전으로 이끄는 중요한 변곡점이 되었다. 이후 세계 강대국들 사이에서는 핵

무기를 보유하기 위한 경쟁이 벌어졌다. 이른바 '핵 확산'
은 빠른 속도로 일어났다. 미국에 이어 소련(1949년), 영국
(1952년), 프랑스(1960년), 중국(1964년), 인도(1974년) 등이
차례로 핵보유국의 지위에 올랐다. 하지만 핵무기는 다른
테크놀로지와는 다른 특징을 갖게 되었다. 1945년 8월 두
차례의 원폭 투하 이후 핵무기가 단 한 번도 실전에서 사용
된 적이 없었다는 점에 주목하자. 즉 사용이 아닌 보유에 목
적이 있는 것이다. 적어도 지금까지는.

2019년 11월 24일 프란치스코 교황은 히로시마에서
다음과 같이 말했다. "바로 이곳에서 섬광의 폭발과 화염에
휩싸여 그토록 많은 사람, 그토록 많은 꿈과 희망이 죽음의
그림자와 침묵을 남긴 채 사라져 버렸습니다. 그 침묵의 심
연으로부터, 우리는 더 이상 존재하지 않는 사람들의 외침
을 오늘날까지도 듣고 있습니다. 그들은 서로 다른 장소에
서 왔고, 다른 이름을 가지고 있었고, 어떤 이들은 다른 언
어를 사용했습니다. 그러나 이 나라의 역사뿐만 아니라 인
류의 면전에 영원한 흔적을 남긴 무시무시한 시간 속에서,
그 모든 것이 같은 운명에 휘말려 버렸습니다." 최염과 같
은 조선인 사망자에 대한 애도이자 생존자에 대한 위로였
다. "실로 우리가 진정으로 더 정의롭고 안전한 사회를 건
설하고 싶다면 우리 손에서 무기를 떼버려야 합니다."

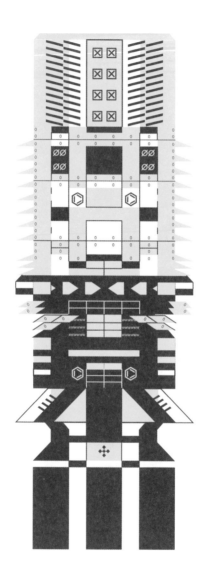

174

원자폭탄을 향해 인류가
끊임없이 물어야 할 것들

테크놀로지는 가치 중립적인가. 모든 테크놀로지는 인간을 위해 개발되었는가. 원자폭탄이라는 테크놀로지의 존재는 기술의 성격에 대해 우리가 품었던 통념이 어긋날 수 있다는 불쾌한 사실을 부각시킨다. 도대체 그렇게 치명적인 테크놀로지가 왜 필요한가. 원자폭탄은 그 존재만으로도, 이런 질문을 인류에게 끊임없이 던진다.

누구도 쉽게 대답할 수 없는 질문들은 독자의 몫으로 남겨두고, 최초의 원자폭탄을 온몸으로 경험한 두 청년에 대한 이야기로 글을 끝맺도록 하자. 엘리트 과학자였던 호닉은 전쟁이 끝나고 브라운 대학에서 교수 생활을 하던 중 린든 존슨 대통령의 과학 자문관으로 임명됐다. 그는 임기 중에 한국과학기술연구원(KIST) 설립을 주도하는 등 한국 과학기술사에 큰 흔적을 남겼다. 최염의 이야기는 허광무의 책 『히로시마 이야기』에 수록된 내용을 바탕으로 재구성한 것이다. 저자는 한국원폭피해자협회의 여러 회원들이 구술한 이야기를 종합해 '최염'이라는 가상의 인물을 만들어냈다. 최염은 가상의 인물이지만 그의 이야기는 진실이다. 히로시마에서 생존한 여러 조선인 청년들은 방사선 피폭으로 인한 고통 속에서 평생을 보냈다.

성수대교 붕괴

고도성장 신화를 깨뜨린
거대한 실패

1994년 10월 말, 여느 금요일과 다르지 않은 이른 아침이었다. 거리는 출근하는 직장인들과 등교하는 학생들로 분주했다. 한성운수 소속 16번 버스는 그날 새벽에 기점인 과천 서울대공원 인근을 출발해 종점인 번동으로 향하고 있었다. 과천에서 버스를 탄 직장인들 중 일부는 지하철로 갈아타기 위해 사당이나 고속터미널에서 내렸다. 뒤이어 신사동과 압구정동에서도 그 주변으로 출근하는 직장인들이 우르르 하차했다. 이 부근에서는 교복을 입은 일군의 여자 고등학생들이 버스에 올라탔다. 아침 일찍 일원동이나 수서동의 집을 나서 마을버스를 타고 여기까지 온 학생들이었다. 이들은 '강남 8학군' 열풍을 타고 뒤늦게 이사를 왔지만 관내 고등학교 정원이 다 차서 한강 건너 성동구 무학여고로 배정된 바람에 매일 먼 거리를 등교하는 중이었다. 이들을 태운 버스는 압구정 현대아파트 단지를 지나 성수대교 남단으로 진입했다.

이때가 오전 7시 40분 무렵이었다. 버스가 성수대교 중간쯤 도착했을 때 쿵, 하는 굉음과 함께 10번과 11번 교각 사이의 상부 트러스 용접 부위가 무너져 내렸다. 무게를 떠받쳐야 할 부위가 무너지자 다리 상판이 내려앉았다. 절단된 상판은 그 위의 승합차 한 대, 승용차 두 대와 함께 한강으로 추락했다. 16번 버스 운전사는 큰 혼란에 빠졌다. 눈앞에서 도로가 없어지다니! 그는 급브레이크를 밟았고, 버스는 붕괴 지점에 걸쳐서 멈췄다. 차체는 허공중에 매달려 있다가 서서히 앞으로 기울었다.

공포스러운 몇 분이 지나고, 결국 버스는 뒤집어지면서 추락했다. 순식간에 일어난 일이었다. 평범한 등굣길은 금세 아비규환의 현장이 되었다.

거대도시 서울을 완성한
한강 다리들

한강을 가로지르는 수많은 다리들은 고도성장의 기적이 일어난 도시, 서울의 상징과도 같았다. 거기에는 계속 앞으로 나아갈 것이라는 믿음이 투영되어 있었다. 그 단단해 보이던 다리가 속절없이 무너진 사건은 한국 사회의 트라우마가 되었다. 우리는 우리가 건설한 도시가 아이들의 등굣길을 지켜주지 못할 정도로 허약했다는 사실을 받아들여야만 했다. 성수대교는 우리에게 무엇이었을까. 그리고 이 사건으로부터 우리는 무엇을 계속 배워야 할 것인가.

2018년 현재 한강에는 총 28개의 다리가 건설되어 있다. 이 다리들은 한강의 남쪽과 북쪽을 유기적으로 이어주는 역할을 담당한다. 지금 우리 인식 속의 서울은 한강을 중심으로 발달한 대도시이지만, 이러한 이미지가 만들어진 것은 1945년 해방 이후였다. 보다 본격적으로는 1963년 특별시의 확장으로 한강 남쪽 지역이 서울에 대거 편입되면서부터 서울은 오늘날의 낯익은 형태가 되었다. 따라서 1970년대에 강남이 개발되기 이전까지 한강을 건너는 것은 일상적인 일이 아니었다. 명절 때 고향에 내려가거나 서울역에서 기차를 타고 한강철교를 건너는 경우가 고작이었을 것이다. 즉 한강 다리의 중요성은 1960~1970년대 서울이 '대서울'로 확장하는 과정에서 부각되기 시작했다.

대부분의 한강 다리가 건설된 것도 이 무렵의 일이었다. 한강을 건너는 최초의 다리는 1900년 건설된 한강철교였다. 도로교, 즉 자동차가 다닐 수 있는 다리로는 일제강점기에 지어진 광진교와 제1한강교(현재 한강대교)가 전부였다. 하지만 1963년에 서울시가 한강 이남 지역으로 대거 확장되자 더 많은 다리가 필요했다. 1965년에 제2한강교(현재 양화대교)가 열렸고, 1969년에는 제3한강교(현재 한남대교)가 지어졌다. 1970년대에만 총 8개의 다리가 놓였다. 바야흐로 '한강 다리 붐'이라고 할 만한 시기였다. 한강을 가로지르는 수많은 교량들은 서울이 하나의 대도시로 기능하기 위해 결정적인 테크놀로지였다.

성수대교 혹은
고도성장 랜드마크의 추락

성수대교는 한강 다리 붐 시기 막바지에 지어졌는데, 두 가지 측면에서 독특했다. 일단 공사비가 다른 다리에 비해 매우 높았다. 당시 한강 다리 건설지(建設誌)에 따르면 1969년 제3한강교에는 공사비가 11억 3천만원, 고 1973년 영동교에는 20억 6천만원이 들었다. 1976년 천호대교의 공사비는 38억 4천만원, 1978년 행주대교는 27억 5천만원이었다. 그러다가 1979년 개통된 성수대교에는 무려 115억 8천만원이라는 막대한 돈이 들었다. 그 이전의 다리들에 비해 3~4배 비싼 다리였던 셈이다.

성수대교가 1970년대 초까지 지어진 한강 다리들과 비교해 독특했던 두 번째 이유는 그 전까지 시도해보지 않았던 새로운 공법으로 지어졌다는 것이었다. 건설비가 비싼 이유도 여기에 있었다. 성수대교는 게르버 트러스(Gerber truss) 공법이라는 새로운 방식을 채택해 한강 다리 중 최초로 용접 트러스교로 지어졌다. 게르버 트러스 공법은 독일인 엔지니어 하인리히 게르버(Heinrich Gottfried Gerber, 1832~1912)가 개발한 교량 건설 방식으로, 기존의 공법에 비해 교각 사이의 간격이 넓어 시원스러운 미관을 갖는다는 장점이 있었다. 교각과 교각 사이에 힘을 지탱할 수 있는 경첩(hinge) 부위를 두었기 때문이었다.

성수대교가 개통할 당시 언론 보도에 따르면 "교각 사이가 긴 날씬한 모습" 등 외관에 대한 긍정적인 평가가 많았다. 하지만 동전에 양면이 있듯이 이러한 공법에는 역시 단점이 있었다. 미적인 측면을 강조하다 보니 설계상 여용성(餘容性)이 거의 없어 사전 예고 없이 갑작스럽게 붕괴할 가능성이 있다는 것이었다. 엔지니어들이 구조물을 설계할 때 특수한 상황에 대비하기 위해 정해진 무게 이상을 버틸 수 있도록 여유를 두는 것이 일반적인데, 성수대교의 경우 그러한 중복설계가 부족했다. 성수대교 붕괴 직후 서울지방검찰청에서 발간한 '성수대교 붕괴사건 원인규명감정단 활동백서'에는 트러스 공법의 채택이 "당시 우리의 시공 기술로서는 다소 무리"한 결정이었다는 평가가 기록되어 있다.

즉, 추정해보건대 '미적' 이유 때문에 안전성이 충분히 검증되지 못한 공법을 도입했다는 의미다. 성수대교는

1970년대 후반 한국의 성공적인 경제 발전과 확장된 서울을 상징적으로 보여주기 위해 건설된 셈이다. 기능적인 측면만을 생각한다면 트러스 공법을 채택할 이유가 없었기에, 성수대교 건설에는 기존의 공법을 벗어나 새로운 기술을 시도해보려는 의도가 담겨 있었다. 공사 보고서는 이 다리가 "과거의 교량 형태에서 과감히 탈피한 새로운 형식의 교량으로서 일찍이 우리가 생각하지 못했던 선진 외국의 교량 형식과 보조를 같이하고" 있다고 자랑했다. 성수대교는 이를테면, 기술적 랜드마크였다. 테크놀로지가 인간의 편의를 충족시키는 걸 넘어서 이데올로기적 의미까지 담게 된 사례라 할 수 있다.

이렇게 만들어진 다리는 그로부터 불과 15년 후 비극적인 결말을 맞게 된다. 여러 전문가가 성수대교 참사의 원인을 분석했다. 앞서 소개한 원인규명감정단은 "설계 상세 부적절, 제작상의 결함, 유지관리 부재가 공히 복합적으로 작용"했다고 평가했다. 교량 건설 및 관리의 여러 단계 중 문제가 없는 지점이 없을 정도로 총체적 난국이었다는 참담한 결론이었다. 이로써 성수대교는 고도성장 시대의 상징에서 한순간에 장기간에 걸친 군부 독재 정권이 낳은 뿌리 깊은 문제점, 즉 "황금만능, 무사안일, 적당주의"의 대표적인 사례로 추락하고 말았다. 성수대교의 붕괴는 곧이어 발생한 삼풍백화점 붕괴 참사, 대구 지하철 가스 폭발 사고와 함께 우리가 발 딛고 사는 땅이 정말로 안전한지를 뒤돌아보게 하는 계기가 되었다.

무엇을 배울 것인가,
무엇을 기억할 것인가

우리는 일상적으로 자동차나 지하철, 버스를 타고 한강을 건넌다. 다리를 건너면서 내 발밑의 땅이 무너져 내릴 것을 두려워하는 사람은 그리 많지 않을 것이다. 성수대교 붕괴 참사 당일 출근길 또는 등굣길에 올랐던 사람들도 역시 그랬을 것이다. 다리가 무너지고 나서야 우리는 역사가 앞으로 나아가지만은 않는다는 것을, 누가 수많은 한강 다리를 점검하고 유지 관리의 책임을 맡고 있었는지 알게 되었다. 부실한 감리 제도가 정비된 것도 그 직후의 일이었다.

이러한 대규모 참사들은 각종 테크놀로지로 둘러싸인 현대사회에서의 '안전'이 보이지 않는 곳에서 일하는 수많은 사람들의 노력으로 지탱되는 것임을 일깨워준다. 사회를 이루는 각종 테크놀로지는 스스로 알아서 작동하는 것이 아니다. 인간의 노동을 매개로 한 테크놀로지의 연결망이 우리가 생활을 영위하는 사회의 가장 핵심적인 근간이다.

매일 한강 다리를 건너고, 지하철과 엘리베이터를 탈 때 그 노동의 땀방울과 노고를 잊지 않는 것이 참사를 기억하는 우리 모두의 역사적 책임이다.

챌린저호 폭발

위험한 것은,
위험을 수용하는 사회적 합의

케이프 캐너버럴은 미국 플로리다주 동해안에 위치한 작은 항구 도시이다. 16세기 스페인 탐험가들은 주변에 갈대와 사탕수수가 많다고 해서 이곳을 '카냐베랄 곶(Cabo Cañaveral)'이라고 부르기 시작했고, 그것이 지금의 케이프 캐너버럴이라는 지명으로 정착했다.

비교적 한산했던 이 지역이 세계인들에게 알려지게 된 것은 제2차 세계대전 이후였다. 1940년대 말 미국 연방 정부가 미사일 발사대를 설치했기 때문이다. 1950년에 V-2 로켓이 발사됐고, 1959년에는 타이탄 대륙간탄도탄 시험이 이루어졌다. 이후 소련과의 우주 개발 경쟁이 가속화되자 미국 정부는 1958년에 미 항공우주국(NASA)을 설립하고 본격적으로 우주 계획을 추진하기 시작했다. 이후 케이프 캐너버럴은 나사의 공식 발사장이 되었다. 비교적 적도에서 가까워 우주 발사체를 쏘아 올리는 데 유리했고, 동쪽으로 발사하면 바로 대서양 상공이라는 이점이 있었기 때문이었다. 달 착륙을 위한 예비 임무였던 머큐리, 제미니 프로그램을 시작으로 17차례에 걸친 아폴로 프로그램의 발사까지 모두 이곳에서 있었던 일이다. 수십 차례의 발사를 거치면서 크고 작은 사고가 있었지만, 인명 사고가 없었던 것은 당시 초강대국 미국의 기술력을 방증하는 지표였다.

**환호 속에 발사되어
산산조각 난
미 로켓 기술의 자존심**

우주 발사체를 비밀리에 쏘아 올리는 것은 불가능하다. 케이프 캐너버럴의 케네디 우주센터는 아예 관광객들이 발사를 참관할 수 있는 시설을 만들어놓았다. 사전에 고지된 발사 일정에 맞춰 방문자 구역으로 가면 상당히 가까운 거리에서 발사 장면을 볼 수 있다. 지금도 케네디 우주센터 홈페이지에 접속하면 다가오는 로켓 발사 참관을 신청할 수 있게 돼 있다. 아폴로 시절부터 정착된 문화다. 입장권을 구할 수 있는 사람들은 어린 자녀들과 함께 발사를 지켜보며 우주 개발에 대한 꿈을 키울 수 있었다. 최근에는 상업적 우주 개발이 본격화되기 시작했지만, 국민의 세금으로만 운영되던 시절의 나사는 대중적 지지가 더욱 중요했다.

1986년 1월 28일도 여느 발사 때와 비슷한 분위기였다. 오전 11시 30분경으로 예고된 발사 시각이 다가오자 사람들이 속속 도착해 자리를 잡았다. 다만, 그날 아침 기온이 비정상적으로 낮았다. 플로리다 지역의 1월 평균 기온이 최고 섭씨 20~25도, 최저 7~12도인데 반해, 그날 오전에는 영하로까지 떨어졌다. 모여든 관광객들은 예상치 못한 추위에 떨며 발사가 연기되지나 않을지 걱정했다. 하지만 예정된 시간이 되자 장내 스피커로 카운트다운이 시작되었다. "5…4…3…2…발사!" 카운트다운이 시작되자 엔진이 켜지고 발사대에서 연기가 피어오르기 시작했다. 발사 순간이 되자 40미터 가까운 길이의 우주 왕복선 챌린저호 엔진의 불꽃이 거대한 구조물을 공중으로 서서히 밀어 올렸다. 일곱 명의 우주인을 태운 우주왕복선은 계획대로 발사되었다. 관중들은 환호성을 질렀다. 모두들 챌린저호가 목적지인 국제 우주 정거장까지 순항할 것으로 예상했다.

하지만 그 예상은 불과 73초 후 말 그대로 산산조각 나고 말았다. 하늘로 날아오른 챌린저호의 오른쪽 고체 로켓 부스터(SRB)에서 불꽃이 튀더니 순식간에 폭발이 일어나기 시작했다. 다량의 연료로 불꽃이 옮겨붙자 우주 왕복선 전체가 폭발하며 공중에 기묘한 모양의 연기 기둥을 남겼다. 폭발의 잔해는 대서양의 넓은 지역으로 후두두 떨어졌다. 이 모든 장면은 텔레비전 카메라를 통해 전 세계로 생중계되었다. 필자 역시 초등학교 고학년 시절 뉴스에서 이 장면을 반복해서 틀어주던 것을 생생하게 기억하고 있다. 이튿날 조간신문들은 일제히 챌린저호 폭발 사고를 1면 머리기사로 보도했다. 짙푸른 하늘을 배경으로 두 갈래의 흰 연기 기둥이 갈라지며 추락하는 챌린저호의 모습은 이렇게 세계인의 뇌리에 각인되었다.

충격적인 소식을 접한 로널드 레이건 대통령은 즉시 대통령 직속 위원회(일명 로저스 위원회)를 구성해 사고 원인 조사에 착수했다. 5개월에 걸친 활동 끝에 로저스 위원회는 조사 결과를 발표했다. 요점은 고체 로켓 부스터의 연결 부위를 밀폐하는 '오링(O-ring)'이라는 부품이 저온 상태에서 뻣뻣한 상태로 경화(硬化)되어 제대로 작동하지 않았고, 그렇게 생겨난 미세한 틈으로 부스터 내부로부터 고온 고압의 연료가 새어 나오면서 폭발에 이르렀다는 것이었다. 이로써 사고의 직접적 원인은 밝혀졌지만 여전히 의문이 남았다. 나사가 발사 결정을 내렸을 때 당일의 이상 저온 현상을 고려하지 않았다는 것인가?

챌린저호의 폭발은
어쩌면, 합의된 결과

이 질문에 대한 간단하고 이해하기 쉬운 설명은 관료주의에 빠진 나사 매니저들이 기술진의 경고를 무시한 채 무리하게 발사를 강행했다는 것이었다. 당시 챌린저호의 SRB 설계를 맡았던 엔지니어 로저 보졸리(Roger M. Boisjoly, 1938~2012)는 참사 이후 평생을 바쳐 이러한 주장을 펼쳤다. 발사 하루 전인 1월 25일 밤 나사 책임자들은 예상되는 낮은 기온에 대해 긴급회의를 소집해 토론을 벌였다. 보졸리를 비롯한 기술진들은 과거에도 저온 상태에서 오링이 파손된 경우가 있었다는 점을 들어 발사를 미뤄야 한다고 강력하게 주장했다. 하지만 챌린저호 발사는 이미 두 차례나 연기된 바 있었고, 레이건 대통령은 발사 당일로 예정된 의회 연두 교서에서 성공적인 발사를 언급하기로 되어 있었다. (챌린저호 폭발로 대통령 연설은 그 다음 주인 2월 4일로 연기되었다.) 나사 매니저들은 기술진이 제시한 근거가 발사를 재차 연기할 정도의 설득력이 있다고 보지 않았다.

하지만 챌린저호 사고에 대해 오랜 기간 연구해온 사회학자 다이앤 보언(Diane Vaughan, 1950~)은 위와 같이 선악의 구분이 명확한 설명에 만족하지 않았다. 그는 나사 매니저들이 단순히 경제적·정치적 압박 때문에 오링의 위험 가능성을 일방적으로 무시한 것은 아니라고 보았다. 발사 전날 소집된 회의에서 매니저들과 엔지니어들은 당시 확보하고 있었던 모든 데이터에 근거해 토론을 벌였고, 그 결과 발사를 연기할 정도로 명확한 이유가 없다는 데 '합의'했다는 것이었다. 이는 모든 복잡한 기술 시스템은 항상 어느 정도의 위험을 내포하고 있으며, 결국 이를 운용하고 작동시키는 인간의 개입과 그러한 개입을 판단하는 시스템이 얼마나 중요한지를 보여준다. 챌린저호는 당시 세계 최고의 기술력으로 만들어졌지만, 그 사실이 100퍼센트의 안전을 보장할 수는 없었다. 우리가 편안한 마음으로 이용하는 자동차, 기차, 엘리베이터 등도 마찬가지다. 일상적으로 접하는 모든 테크놀로지에는 정도의 차이가 있을 뿐 약간의 위험이 항상 존재한다.

결국 발사 전날 밤의 합의는 챌린저호가 가진 위험성을 '수용할 만하다'고 받아들이자는 합의였던 셈이다.

오작동은 예견되어 있다, 어떻게 치명적인 결과를 피할 것인가

현대사회 속 우리는 매일 각종 테크놀로지에 둘러싸여 살아가고 있다. 이들은 가끔씩 오작동을 일으킨다. 컴퓨터가 다운돼 열심히 작업한 원고가 날아가기도 하고, 에스컬레이터가 고장나 힘든 다리를 이끌고 계단을 터벅터벅 오르기도 한다. 엔지니어들이 모든 경우에 100퍼센트 확실하게 작동하는 테크놀로지를 만들기란 불가능하다는 점을 받아들이면, 우리는 무엇을 할 수 있는가? 어떤 테크놀로지가 오작동을 일으키더라도 누군가에게 치명적이지 않도록 시스템을 설계하는 일이 중요하다는 답이 나온다. 그것을 위해 중복 설계와 백업 시스템을 마련하고, 사용자들이 위험한 행동을 하더라도 목숨의 위협까지는 받지 않을 수 있도록 신경 써야 한다.

테크놀로지는 사회문화 또는 정치의 영역과 독립된 활동이 아니다. 불확실함 속에서 최선의 해답을 찾아내고 그 해결책을 통해 인간 행동의 지향을 바꾸어낸다는 점에서 기술과 정치는 근본적으로 다르지 않다. 인간을 위한 엔지니어링은 이를 이해하는 데에서 시작될 수 있다.

챌린저호 폭발

후쿠시마 원전 사고

과학 정책은
무엇을 향해야 하는가

2011년 11월 어느 날 한 서울 시민이 차를 타고 노원구 월계동 아파트 단지 주변 이면도로를 지나고 있었다. 서쪽으로는 우이천이 지나고 동북쪽으로는 초안산(楚安山)이라는 야트막한 녹지가 펼쳐진 살기 좋은 지역이었다. 그런데 갑자기 차 안에서 경고음이 울리기 시작했다. 그가 항상 휴대하고 다니던 방사능 계측기가 예기치 않은 이상 신호를 보낸 것이다. 그는 차를 세워두고 경고음이 울린 근방을 수색해나갔다. 아스팔트 포장이 된 도로 위에서 일정 선량 이상의 방사능이 감지됐다. 맨홀 뚜껑 위에서는 감지되지 않는 것으로 보아 아스팔트가 문제인 듯했다. 이 사실을 알게 된 또 다른 시민은 방사능의 종류를 확인할 수 있는 핵종분석기를 들고 나왔다. 분석 결과 핵분열 시 발생하는 방사성 동위원소인 세슘-137이었다. 그들은 곧바로 이 사실을 노원소방서에 신고했다.

서울 동북부 주택가에 어떤 연유로 세슘-137이 검출된 것일까? 시민들이 항의하자 원자력안전위원회에서 유입 경로에 대한 조사에 나섰다. 조사 결과 문제가 된 도로는 2000년에 포장됐는데, 당시 도로 포장을 맡은 업체는 그로부터 3년 후에 폐업했다는 사실이 밝혀졌다. 해당 업체가 시공에 사용한 골재의 출처에 대한 정보는 남아 있지 않았다. 방사성 물질의 발생 원인이 오리무중에 빠진 가운데 그것이 시민들의 건강에 미칠 영향을 놓고 논쟁이 일었다. 정부 측 과학자들은 인근 주민들이 노출된 방사선량이 연간 선량한도에 미치지 못할 뿐만 아니라, 아스팔트 도로 안에서 차폐 효과가 있으므로 안전에는 문제가 없다는 입장이었다. 반면 환경단체 측의 과학자들은 아무리 적은 방사선량이라도 건강에 영향이 있을 것이라고 반박했다. 그 와중에 문제가 된 아스팔트는 재빠르게 철거됐다.

후쿠시마 원전 사고

후쿠시마 원전 사고 이후,
한국에도 바짝 다가온
방사능 공포

당시 한국에서 방사성 물질이 초미의 관심사가 된 배경에는 후쿠시마 원자력 발전소 사고가 있었다. 불과 6개월 전인 2011년 3월 11일에 일본 동쪽 도호쿠 지방에서 규모 9.0에 달하는 엄청난 지진이 발생했다. 일본 관측 사상 최대 규모였던 이 지진은 곧 40미터가 넘는 높이의 해일(海溢)을 발생시켰다. 해일의 직격탄을 맞은 지점은 이와테현 미야코(宮古)라는 도시였다. 기네스북에 '세계 최고 높이의 방파제'로 등재된 방파제가 있었지만 속수무책이었다. 밀려든 바닷물의 거대한 에너지는 인간이 쌓아온 문명을 한순간에 종잇조각처럼 쓸어버렸다.

더 큰 문제는 일본 동북부 지역에 여러 기의 원자력 발전소가 위치하고 있다는 점이었다. 당시 후쿠시마현 해안가에는 6기의 원자력 발전소가 가동 중이었다. 규모 9.0의 지진이 발생하자 원전은 매뉴얼에 따라 일제히 가동을 중단했다. 하지만 곧 해일이 밀려들었다. 발전소는 최대 5미터 높이의 해일에 견디도록 설계됐는데, 이날 밀려든 해일은 그 세 배가 넘는 것이었다. 밀려든 바닷물에 비상용 디젤 발전기가 침수됐다. 최소 전력이 사라지자 원자로 내부 온도가 점점 상승하기 시작했다. 이런 경우에 대비해 배터리 전원이 가동하게 되어 있었다. 하지만 배터리 역시 완전히 침수되어 제 역할을 하지 못했다. 전원을 완전히 상실한 냉각 펌프가 작동을 멈추면서 원자로 내부 온도가 급상승해 이른바 '멜트다운', 즉 노심 용융 상태가 되었다. 이어진 몇 차례의 수소 폭발과 방사능 오염수 누출로 고농도 방사성 물질이 주변 지역으로 확산되기 시작했다.

일본에서 거대한 원전 사고가 일어나자 근거리에 있는 한국에서도 관심을 두지 않을 도리가 없었다. 가장 적극적으로 나선 것은 어린 자녀들을 둔 젊은 부모들이었다. 이들은 2011년 8월부터 '차일드 세이브'라는 온라인 카페를 통해 생활 방사능에 대한 정보를 주고받는 활동을 이어나갔다. 일부 회원들은 백만 원 정도 하는 휴대용 방사능 계측기를 구입해 일상적으로 측정한 결과를 카페에 올리기도 했다. 처음에는 최소한 내 아이가 생활하는 공간에 존재할지 모르는 위험 요소를 확인하겠다는 개인적 동기에서 시작했을 것이다. 하지만 점점 많은 수의 시민들이 방사능 계측기를 사용해 이전에는 생각하지 못했던 이상 현상들을 감지해내기 시작했다. 서두에서 소개한 월계동 아스팔트 소동은 그 중 하나였다. 2011년 3월 일본에서 일어난 원전 사고는 한국인들에게 생활 속 방사능을 자각하게 했고, 그를 통해 2000년에 시공된 도로에 방사성 물질이 섞여 있다는 사실을 발견할 수 있었던 것이다. 이렇듯 후쿠시마 원전 사고 이후 방사능은 우리에게 한층 더 가까운 일상적 공포의 대상이 되었다.

과학이 답할 수 없는 문제를, 국가는 어떻게 책임질 수 있는가

많은 이들에게 방사성 물질에서 나오는 방사선은 공포의 대상이다. 방사선은 사람의 지각으로 직접 인지할 수는 없지만, 오랫동안 고농도에 노출되면 각종 질병의 원인이 되는 것으로 알려져 있다. 이에 대해서는 1945년 원자폭탄 투하 이후 수많은 피폭자를 대상으로 한 종단 연구를 통해 본격적으로 알려지기 시작했다. 원자력 발전소 역사상 최악의 사고였던 1986년 체르노빌 사고 피폭자들에 대한 역학(疫學) 조사 결과도 마찬가지였다.

사람들이 방사성 물질에 더 큰 공포를 느끼는 이유는 관련된 문제에 대해서 최종적인 결론이 나지 않았다는 데서 비롯된다. 많은 사람이 과학에서 불확실성에 대한 답을 구했다. 하지만 여전히 속 시원한 해답은 없다. 방사선량을 정밀하게 측정하는 것 자체가 어렵기도 하지만, 실제로 사람이 어떤 방식으로 노출되는지 특정하기 어렵기 때문이다. 아스팔트 도로 위에서 온종일 지내는 사람은 극히 드물 것이다. 따라서 방사선 노출 방식을 어떻게 가정하느냐에 따라 예상 피폭량은 크게 달라질 수 있다. 나아가 연간 허용 한도[보통 1밀리시버트(mSv)=1000마이크로시버트(μSv)] 이내의 방사선 노출이 실제로 건강상의 문제를 초래할 것인지도 과학자들 사이에서 논쟁의 대상이 된다. 후쿠시마 인근 8개 현에서 잡힌 수산물을 먹으면 내게 어떤 영향이 있을 것인가? 이런 의문들에 대해 과학은 아직까지 속 시원하게 대답해주지 못하고 있다.

이러한 사정은 일본 정부가 방사능의 영향을 최대한 축소해 표현하고, 일본 내에서 격렬한 논쟁이 이어지는 배경이 됐다. 후쿠시마 사고가 있고 약 2년 반이 지난 2013년 9월, 당시 일본 총리였던 아베 신조(安倍晋三, 1954~)는 국제올림픽위원회(IOC)총회 연설에서 다음과 같이 발언했다. "후쿠시마에 대해 걱정하시는 부분은 제가 보장하겠습니다. 상황은 통제되고 있습니다. 도쿄에는 어떤 악영향도 지금까지 미치지 않았고 앞으로도 미칠 일은 없습니다." 2020년에 도쿄에서 올림픽을 개최해도 아무런 문제가 없을 것이라는 강력한 선언이었다. (결국 도쿄올림픽은 코로나19 사태로 연기되어 2021년 초 현재 개최가 여전히 불확실한 상황이다.) 하지만 일본 정부의 이러한 태도는 피재민(被災民)들과 국제사회로부터 비판의 대상이 됐다. "상황이 통제되고 있다"는 정부 입장과 달리 엄청난 규모의 재난으로 수많은 도호쿠 지역 주민들이 피난을 떠났고 일부는 여전히 고향으로 돌아오지 못하고 있다. 돌아온 주민들도 고작 표토층 수 센티미터를 퍼내는 수준의 미약한 '제염(除染) 작업'을 한 땅에서 마음 한켠에 불안감을 안고 살아간다.

재난은 몸과 마음에 남는다, 정책은 무엇을 할 수 있는가

재난이 우리 몸과 마음에 각인된다면 방사성 물질과 관련된 재난은 그것을 가장 잘 보여주는 사례일 것이다. 안전하게 차폐되었어야 할 방사선에 노출된 사람들의 몸에는 그 흔적이 고스란히 남았다. '연간 허용 기준 이하'의 방사선량과 함께 살아가야 할 일본 도호쿠 지방 주민들의 마음에는 그들의 불안감과 슬픔을 이해하지 못하는 정부에 대한 원망이 남았다. 후쿠시마 원전에서 방출된 오염 냉각수는 해류를 타고 인근 국가 주민들의 몸과 마음에 상처를 남겼다.

이 문제에 대해 과학은 최종적인 해답을 줄 수 없다. 그럴 때 국가의 과학정책은 무엇을 향해야 하는가. 과학은, 과학자는 흔들리지 않는 진실이라는 이상형을 추구해야 한다. 하지만 우리가 발붙인 현실에서 불확실성에 직면한 과학은 상처 입은 사람들의 몸과 마음을 최대한 보듬어야 한다는 일반 윤리 준칙에 어긋나서는 안 될 것이다. 이것은 전문가로서의 사회적 책임을 넘어서, 한 사람의 인간으로서 가장 기본적인 자세다.

세월호 침몰

전문가의 사회적 책무는
무엇인가

부력의 원리를 경험으로 깨달은 후 인류는 바다로 진출하기 시작했다. 처음에는 단순하게 만든 배로 강을 건너거나 육지에서 멀지 않은 바다에서 어로 활동을 했을 것이다. 더 먼 바다로 나가기 위해서는 갖춰야 할 것이 많았다. 우선 험한 파도를 견딜 튼튼한 선박을 설계할 수 있는 능력이 필요했다. 동서남북을 분간할 수 없는 바다 한가운데에서도 지형지물을 이용해 방향을 확인할 수 있는 지식과 기술 역시 중요했다. 발달한 항해술은 '발견의 시대'를 열었다. 새로운 항로가 펼쳐졌고, 대륙과 대륙이 연결됐다.

오늘날의 배는 더 많은 기술적 연결망 속에 놓여 있

다. 출항한 배는 고립된 섬이 아니다. 현대적 통신 테크놀로지를 매개로 육지와 끊임없이 교신을 주고받는다. 특히 300~500돈 이상의 배에는 선박자동식별시스템(AIS) 설치가 의무화돼 있다. AIS는 선내에 설치된 GPS, 자이로컴퍼스 등에서 만들어진 항해 정보를 수합한 후 VHF 해상 통신망을 통해 운항 속도에 따라 2~10초 간격으로 무선 송출한다. 바다 위에 떠 있는 일정 규모 이상의 선박은 모두 자신의 위치·속도·방향 등의 정보를 주기적으로 발신하고 있는 것이다. 이렇게 발신된 신호는 가까운 해상교통관제센터(VTS)로 모인다. 한국의 경우 해안선을 따라 20개소의 VTS를 운영하고 있다. 각 VTS에서 수합된 정보는 최종적으로 해양수산부에서 관리하는 전국 통합망 서버에 저장된다.

오늘날의 배가 복잡한 기술적, 사회적 시스템의 일부라는 것은 무엇을 의미하는가. 이렇게 촘촘해 보이는 테크놀로지의 관리망이 실패했을 때 그 책임은 누구에게 물어야 하는가. 2014년 4월 이후 한국 사회는 여전히 이 질문에 대한 답을 찾고 있다.

그날의 데이터가
끝내 답하지 못한 것

2014년 4월 15일 밤 9시경, 청해진해운 소속의 여객·화물

겸용선 '세월'호가 인천항 부두로부터 천천히 멀어지기 시작했다. 청해진해운이 이 배를 구입한 것은 2013년의 일이었다. 세월호는 원래 1994년 일본 나가사키의 하야시카네 조선소에서 건조돼 마루에이 페리사 소속의 '나미노우에'호라는 이름으로 가고시마와 오키나와 사이를 왕복했다. 그렇게 10년 가까이 임무를 마치고 중고 시장에 나온 배를 청해진해운이 구입해 인천과 제주를 왕복하는 페리선으로 운용했다. 훗날 알려진 일이지만 청해진해운은 마루에이로부터 선박을 구매한 이후 선미 객실부에 한 층을 증축하는 등 몇 가지 개조 작업을 벌였다. 세월호는 한국 연안에서 운항을 시작한 이후 1년 넘게 수백 명의 승객과 자동차, 화물을 실어 날랐다.

그리고 이 세월호에 어떤 일이 생겼는지 우리 모두 알고 있다. 항해를 시작한 지 12시간이 채 되지 않았던 4월 16일 오전 8시 49분 무렵 세월호는 전라남도 진도군 조도면 부근 해상에서 급격하게 오른쪽으로 선회하기 시작했다. 배는 회전하는 힘을 이기지 못하고 우현 쪽으로 기울었고, 기울어진 쪽의 통풍구와 배수구 등을 통해 바닷물이 배 내부로 유입됐다. 유입된 바닷물은 항해 중에는 열려 있던 수밀문(水密門)들을 통해 선박의 하단부로 밀려들었다. 그 결과 급격한 우선회가 시작된 지 불과 20~30분 안에 객실부가 완전히 침수됐고, 100분 정도 후에는 선체가 우현 130도까지 기울어 배 전체가 완전히 뒤집어지기 직전의 상태에 도

세월호 침몰

달했다. 수면 위로 선수부만 나와 있던 세월호의 이미지는 지금까지도 한국인의 뇌리에 선명하게 남아 있다.

세월호는 사고 당일 출항하면서부터 선박안전법에 정해진 바에 따라 주기적으로 AIS 신호를 송출했다. 세월호가 송출한 AIS 정보는 배의 위치에 따라 7개 VTS에 5만 928개의 흔적을 남겼다. 이 정도 위치 정보만 있으면 당일 배의 움직임을 정확하게 재구성하는 데 문제가 없으리라 예상되었다. 하지만 오늘날의 정보통신 테크놀로지는 우리가 믿고 있는 만큼 정밀하지 않았다. 정보 송출 시점의 기상 환경에 따라 데이터가 누락될 가능성이 있었다. 통신 용량을 초과하는 정보가 밀려들면 데이터 충돌로 인한 오류가 일어나는 경우도 있다. GPS의 위치 정보도 경우에 따라 오차가 발생하곤 한다. 더구나 세월호는 정상적으로 운항하지 못하고 짧은 시간 내에 급격한 움직임을 보였기 때문에 오류의 가능성은 더욱 컸다. AIS 정보를 바탕으로 선박의 항적도를 재구성하는 것은 철저하게 '객관적'인 실재를 보여주는 문제가 아니다. 어떤 데이터를 어떻게 이용해 재구성할 것인지, 어느 정도의 해석이 개입되는 작업이다.

이는 그날 세월호에서 진짜 무슨 일이 있었는지에 대해, 당시 테크놀로지의 관리망을 아무리 촘촘하게 재구성하더라도 논란의 소지를 완벽하게 없앨 수는 없다는 뜻이다.

그렇다면 상충되는 해석의 충돌이 발생했을 때 합의에 도달할 수 있는 객관적인 방법은 없다는 말인가? '진실은

저 너머에'라는 모호한 결론으로 유가족들과 시민들의 진상 규명 요구를 덮는 것이 최선이었다는 말인가? 이럴 때일수록 전문가의 역할이 중요해진다. 100퍼센트 확실한 상황에서만 발언할 수 있다면 전문가를 사회적으로 우대할 이유가 없다. 전문가란 자신의 전문 분야에서의 훈련과 경험을 바탕으로 불완전한 정보를 연결해 소견을 제시하고 그에 대한 책임을 질 용기를 가져야 한다. 즉, 불확실성이 개입하고 있는 상황에서 다양한 수준의 정보를 교차 검증해 내릴 수 있는 최선의 결론에 도달할 수 있어야 하는 것이다. 그렇지 못한다면 우리가 전문가를 우대할 이유는 무엇인가.

전문가의 의견을 두 갈래로
나눈 것은 무엇이었나

사고 후 3년이 지난 2017년 4월에 설치된 '세월호 선체조사위원회'는 세월호 선체 인양으로 확보된 새로운 증거를 기반 삼아, 침몰 당시의 상황을 상당히 정확한 수준으로 복원했다. 하지만 6인의 선조위 위원들은 수많은 데이터에도 불구하고 합의된 결론을 도출하지 못했고, 2018년 8월 종합보고서는 두 권으로 나뉘어 제출됐다. '내인설'로 알려진 의견을 가진 위원들은 세월호가 진도 앞바다를 지나면서 발생한 기계 결함으로 인해 급속하게 우선회하게 됐다고 설명했다. 이후 화물이 한쪽으로 쏠리면서 더 빠른 속도로 배가 기울었고, 열려 있던 수밀문을 통해 바닷물이 유입되면서 침몰에 이르게 됐다는 것이었다. 반면 '열린안'을 피력한 위원들은 '내인설'의 설명이 충분하지 못하며 외력 등 다른 요인의 존재를 배제할 수 없다고 주장했다.

이 보고서는 전문가들이 자신의 역할을 제대로 수행해 내지 못했을 때 사회에 미치는 영향을 보여주는 증거 자료다. 전문가들의 의견을 두 갈래로 나눈 것은 무엇인가. 그것이 과연 과학적 근거에 바탕을 둔 합리적 사고였을까. 전문가들이라면, 이들 전문가가 대변하는 건전한 공동체라면 세월호 침몰로 사망한 304명의 승객, 그리고 그들의 유가족들에게 어떻게 이런 비극적인 일이 일어날 수 있었는지 그들이 이해할 수 있는 언어로 설명할 수 있어야 했다. 세월호 참사는 테크놀로지 전문가의 사회적 책임에 대해, 한국 사회에 두고두고 물을 것이다.

PART 5

어 떻 게
쓸 것 인 가,
어 떻 게
살 것 인 가

테크놀로지와
인간의 노동

누가 권력을 갖고
누가 직업을 뺏길 것인가

"나는 21세기가 제기할 문제들이 오래 전부터 우리가 직면하고 있었던 문제들보다 더 놀랍거나 복잡하지는 않을 것으로 생각합니다."

미국의 저명한 문화평론가이자 뉴욕대 교수인 닐 포스트먼(Neil Postman, 1931~2003)의 어조는 단호했다. 때는 21세기를 목전에 둔 1998년 3월. '새로운 기술과 인간'이라는 주제로 콜로라도주 덴버에서 열린 학회의 기조 강연이었다. 포스트먼은 새로운 테크놀로지가 인간 사회와 어떻게 관계를 맺어왔는지 오랫동안 연구하며 모든 사회 문제에 기술적 해결책만으로 대응하려는 경향을 통렬하게 비판해온 학자였다.

새로운 테크놀로지는
야누스와 같다

당시 세계에는 세기말적 비관주의가 만연해 있었다. 'Y2K' 문제가 그 중심에 있었다. 2000년이 되면 세계적으로 서로 연결된 컴퓨터 네트워크의 연도 앞자리가 바뀌면서 엄청난 혼란이 일어날 것이라고들 했다. 지나고 보니 기우에 불과하긴 했지만, Y2K 문제는 그만큼 정보기술의 광범위한 이용이 향후 어떤 파장으로 이어질지 예상하기 어려울 때 큰 소동이 일어날 수 있음을 잘 보여줬다. 세기말 사람들은 앞으로 다가올 거대한 기술적 변화를 크게 기대하는 동시에 그것이 인류의 근본적인 문제를 해결해주지는 못하리라는 것도 느끼고 있었다. Y2K 문제 같은 특정한 이슈 뒤에 자리한 것은 다가오는 새로운 테크놀로지에 대해 사람들이 느끼는 양가적 감정 그 자체였다.

포스트먼의 말은 그 혼란과 우려를 불식시키려는 것이었다. 오랜 기간 기술과 사회의 관계를 살펴본 노학자가 주목한 것은 다양한 기술의 저변에 깔려 있는 기본 속성이었다. 그에 따르면 새로운 테크놀로지는 항상 양면성을 지니

206

고 있다. 기술을 받아들인다는 것은 마치 파우스트가 악마와 했던 거래와도 같다고 그는 지적했다. 기술은 인간에게 새로운 편의를 제공하지만 그 대가로 무언가를 가져간다는 것이다. 나아가 이러한 편의와 대가는 모든 사람들에게 공평하게 분배되지 않는다. 다시 말하면 모든 기술 변화에는 승자와 패자가 있기 마련이다. 문제는 승자들이 기술 변화의 양면성을 의도적으로 외면한 채 새로운 테크놀로지가 가져다 줄 장밋빛 미래를 예찬하는 데에만 관심을 기울인다는 점이다. 그리고 우리 모두는 이러한 기술 담론을 의문 없이 받아들인다.

일견 지극히 당연해 보이기도 하는 포스트먼의 지적은 20여 년이 지난 지금에도 유효하다. 우리도 당시의 사람들과 비슷한 우려를 반복하고 있다. 이번에는 초고속 인터넷을 기반으로 한 사물인터넷, 인간의 지적 노동을 대체할 위력을 갖춘 것으로 보이는 인공지능, 그리고 이 모든 것들의 기반이 되는 빅데이터가 그 대상이다. 많은 사람들이 이번 기술 변화의 물결을 '4차 산업혁명'이라고 부르고 있다. 30여 년 전 개인용 컴퓨터와 인터넷이 그랬던 것처럼 21세기의 새로운 테크놀로지들은 우리를 덮칠 거대한 물결로 그려진다. 특히 진화를 거듭하는 인공지능에 바탕을 둔 자동화 기술은 인간 노동이 차지하는 위치를 근본적으로 바꿔놓을 것이라는 생각이 널리 퍼져 있다.

테크놀로지와 인간의 노동

4차 산업혁명의 기술실업,
이전과 무엇이 같고 다른가

21세기 들어 새롭게 등장한 것처럼 보이는 이 문제들은 사실 과거의 것들과 질적으로 다르지 않다. 특히 가장 우려하는 '기술실업' 문제는 역사적으로 양상만 달리한 채 반복되어왔다. 왜냐하면 산업화 이후 테크놀로지의 개발 방향 자체가 대개 기계 장치를 이용해 인간이 하던 일을 대신하는 것이었기 때문이다. 잘 알려져 있듯이 산업혁명이 본격화된 이후 영국에서는 새로운 기계 장치의 도입으로 직업을 잃게 된 숙련공들이 기계를 파괴하는 '러다이트' 운동이 일어났다. 공장에 많은 자본을 투자한 공장주들은 정부에 보호를 요청했고, 이를 심각하게 받아들인 영국 정부는 군대를 투입해 폭력 행위자들을 색출했다. 그 결과 적어도 20여 명의 러다이트들이 사형을 당했고, 그보다 훨씬 많은 숫자가 호주 식민지로 강제 이주 명령을 받았다. 이후 19~20세기를 거치면서 새로운 테크놀로지가 등장할 때마다 그로 인한 기술실업은 크고 작은 사회적 문제로 대두되었다.

　이런 사례가 현재 우리의 우려와 얼마나 다른가. 물론 우리는 200년 전의 러다이트들을 고리타분한 반(反)기술주의자 정도로, 기술 발달로 인한 생산성 증대와 그에 따른 경제적 기회의 확대를 이해할 폭넓은 시야를 갖추지 못한 사람들로 치부해버릴 수도 있다. 실제로 지난 두 세기 동안 각종 테크놀로지와 결합한 인간의 생산력은 경이적이라는 표현이 아깝지 않을 정도로 증가했다. 사치품이 대량생산을 거쳐 대중화되고, 과거에는 상상하지도 못한 새로운 물건이 등장해 인간의 편의를 증대시켰다. 하지만 이는 장기적인 관점에서의 서사이다. 단기적인 관점에서는 수많은 집단이 기술실업의 직격탄을 맞았다. 현재 우리가 갖고 있는 기술에 대한 생각은 대개 장기적인 관점에 바탕을 두고 있다. 그리고 이 관점이 곧 승자의 관점이기도 하다. 이런 관점에서 보면 기술의 발전은 누구도 반대할 수 없는 절대선(善)에 가깝다. 기술실업에 휩쓸린 사람들은 안타깝지만 단기적으로 감수해야 할 피해가 된다.

하지만 지금의 우려가 더 즉각적으로 다가오는 까닭은 과거의 기술실업이 일부 사회 집단만이 감수해야 할 피해였다면, 앞으로는 그 누구도 피하기 어려운 물결로 다가올지 모른다는 인식 때문이다. 몇 해 전 알파고와 이세돌의 대국을 지켜본 사람들은 바둑 세계 최고수를 이길 수 있는 컴퓨터 프로그램이 등장했다면 내가 하는 일 정도는 쉽게 자동화될 수 있을 거라는 집단적 두려움에 사로잡혔다.

최근 미국 MIT '미래 노동 태스크포스'에서 발간한 보고서에 따르면 1980년 이후 지금까지 약 40년 동안 직업은 양극화하는 추세를 보였다. 즉 고학력-고임금 노동자와 저학력-저임금 노동자의 비율은 증가한 반면, 중간 정도의 숙련도를 요구하는 직업은 줄어들었다. 새로운 디지털 기술은 아직 고숙련 노동을 대체할 정도에 이르지 못했고, 최저 임금에 가까운 저숙련 노동을 대체하기에는 경제성이 떨어지기 때문이다. 이런 상황에서 4차 산업혁명의 장밋빛 미래를 말하는 사람은 누구일까? 기술과 그 기술을 뒷받침하는 산업-정책의 영역에 온통 승자들의 발언권만 있을 때 패배하고야 말 사람들의 삶은 누가 지켜주는가?

더 큰 문제는 가까운 미래에 기술로 대체될 수 있는 노동과 없는 노동이 분리·단절되고 있다는 점이다. 즉, 대체될 수 없는 '고학력-고임금' 노동자와 대체 가능한 '저학력-저임금' 노동자 간의 분열이 그 어느 시대보다 심각해져 더 큰 사회적 혼란을 불러일으킬지 모른다. 이러한 추세가 전방위적으로 지속된다면 미래의 노동은 과거의 기술실업과는 다른 독특한 성격을 갖게 될 것이다.

누가 테크놀로지의
장밋빛 미래를 약속하는가

최첨단 기술이 야기할 사회적 파국이 자연스러운, 필연적인 운명만은 아니다. 그것은 말 그대로 '사회적' 작동의 결과다. 정책과 제도, 산업과 문화, 다양한 이해관계자들의 합의를 통해 결정되는 일들에 대처하는 방법을 우리는 모르지 않는다.

20년 전에 포스트먼은 컴퓨터 기술이 가져올 낙관적인 미래에 대해 열광적인 언설을 퍼뜨리는 사람에게 다음과 같은 질문을 던져야 한다고 말했다. "왜 이런 일을 하는가? 당신은 어떤 이해관계를 대변하는가? 당신은 누구에게 권력을 주기를 바라며, 누구로부터 권력을 빼앗으려 하는가?" 오늘날 4차 산업혁명이라는 장밋빛 약속과 그것을 남발하는 사람에게도 마찬가지의 질문을 던져볼 수 있다.

이런 점에서 한국 정부의 과학 정책은 누구의 편에 있는지 기억할 필요가 있다. 예를 들면 "정부 혁신 정책의 최우선에 인재를 두어야 한다"며 인재를 "평범한 엔지니어보다 수 배, 수십 배의 성과를 내는 최고의 SW엔지니어"이자 "기업가 정신을 갖춘 소수의 창업자"로 정의하는 대통령 직속 4차산업혁명위원회의 대정부 권고안에도 질문을 던져볼 수 있지 않은가. 고학력-고임금 노동자만을 정부 정책의 최우선에 둔다면 새로운 테크놀로지로 인해 대체될 것으로 예상되는 중간 정도 숙련도의 노동자의 이해관계는 누가 대변하는가. 대통령 직속 특별위원회의 임무가 사회 각계 각층의 이해관계를 수렴해 공정하게 대변하는 것이라면 이 권고안에는 뭔가 문제가 있지 않은가.

테크놀로지와 인간의 노동

브레이크 없는
유전공학

생명을 편집해도 되는가

2018년 11월 중국의 과학자 허지안쿠이(贺建奎, 1984~)가 유전자 편집을 거친 쌍둥이 여아를 출산시키는 데 성공했다고 밝혔다. 허지안쿠이는 중국에서 생물학을 전공하고 미국 라이스 대학교에서 박사학위를 취득한 후 스탠포드 대학교에서 박사후 과정을 마친 엘리트 과학자였다. 그는 중국으로 돌아간 뒤 미국에서 배워온 크리스퍼(CRISPR/Cas9)라는 새로운 유전자 편집 기술을 인간에 적용하는 연구를 시작했다. 그의 연구팀은 후천성 면역 결핍증(AIDS)을 일으키는 바이러스인 HIV-양성인 아버지와 음성인 어머니로 구성된 커플을 실험 대상으로 모집했다. 연구는 아버지에게서 채취한 정자에 크리스퍼 기술로 HIV에 저항성을 갖는 유전자를 변형해 넣은 후 난자와 체외수정하는 방식으로 이루어졌다. 이렇게 태어난 아이들은 루루(露露)와 나나(娜娜)라는 이름으로 알려졌다.

허지안쿠이의 발표는 세계 과학계에 큰 충격을 안겼다. 인간이 생명 현상에 얼마나 개입해도 되는가? 더구나 인간을 대상으로 유전자를 편집해 이른바 '디자이너 베이비'를 만들 수 있게 된다면 이는 어떤 사회적·윤리적 결과로 이어질 것인가? 이러한 질문은 유전공학 기술의 전개 과정에서 끊임없이 제기되었다. 그에 따라 세계 과학계는 인간을 대상으로 하는 연구를 엄격하게 감시하고 규제하도록 권고하고 있다. 한국의 경우 2005년에 제정된 '생명윤리 및 안전에 관한 법률'이 "인간의 존엄과 가치를 침해하거나 인체에 위해를 끼치는" 과학 활동을 제한한다. 이러한 상황에서 중국인 과학자가 크리스퍼 기술을 이용해 쌍둥이를 만들어냈던 것이다. 결국 그는 발표 직후 재직하던 대학에서 해고되었고, 이듬해 말 중국 법원은 그의 비윤리적 연구 행위에 대해 징역 3년에 벌금 3백만 위안(약 5.1억원)이라는 중형을 선고했다.

인간의 편의에 따라
자연을 개량하려는
유전학의 출발

나는 나의 아버지를 닮았고, 내 딸은 나를 닮았다. 자식이 부모를 닮는 것은 당연한 것으로 여겨진다. 우리의 선조들 역시 오래 전부터 이런 '유전'의 존재를 인지하고 있었고, 그 직관적 지식을 이용해 인류의 편의를 증진시켰다. 야생 상태의 동물과 식물을 개량해 가축과 농작물로 만드는 일은 오랫동안 인간이 선호하는 형질을 가진 개체를 반복해서 교배시키는 지난한 과정을 통해서 이루어졌다. 인류의 생활 방식이 수렵·채집 위주에서 농경 중심의 정주(定住) 생활로 바뀌는 데 유전에 대한 지식이 기여한 셈이다.

즉 인류가 자신의 편리에 맞춰 자연 상태의 동물과 식물을 변형시킨 이 과정은 인간에게도 상당한 변화를 불러왔다. 진화의 관점에서 보면 이는 인간과 동·식물이 같이 변화하는 공진화(共進化)의 과정이었다고 할 수 있다.

유전 현상은 단순하지 않다는 점에서 끊임없는 탐구와 도전의 대상이 되어왔다. 우리도 잘 알고 있듯이 아이가 항상 엄마나 아빠를 똑같이 닮는 것은 아니다. 가끔은 부모 세대에 없는 형질이 자식 세대에서 나타나는 경우도 있다. 예를 들어, 아버지는 그렇지 않았는데 아들은 20대에 탈모가 진행되기 시작할 수 있다. 19세기 중반에 이러한 유전의 신비를 밝히려고 고심한 대표적 인물이 그레고어 멘델(Gregor Mendel, 1822~1884)이었다. 그는 오스트리아 제국 변방에서 소작농의 아들로 태어났고 어린 시절부터 원예 및 육종에 관심을 보였다. 생계 문제 때문에 사제 서품을 받고 수도사가 된 이후에도 그는 수도원 뜰 구석에 텃밭을 가꾸면서 자신의 관심을 이어갔다. 완두콩을 이용한 그의 연구 결과는 1865년 '식물의 잡종에 관한 연구'라는 제목으로 발표됐다. 이 논문이 훗날 '유전 법칙'의 기초가 되었다. 완두콩에는 씨의 색깔(황색·녹색), 꽃 색깔(보라색·흰색), 콩깍지 모양(매끈·잘록), 완두의 키(크다·작다), 씨의 모양(둥글다·주름지다) 등 여러 대립형질이 존재하는데, 다양한 형질을 가진 개체들을 서로 교잡시켜 재배하면 잡종 2대째에 대략 3:1 정도의 비율로 대립형질이 나타난다. 이는 양친으로부터 '유전물질'을 절반씩 받았을 때, 잡종 1대째에서는 대부분 우성 형질이 나타나지만 2대째에는 열성에 해당하는 형질이 다시 발현된다는 뜻이다. 이로써 부모에게는 없는 형질이 자식 세대에서 어떻게 나타날 수 있는지 설명할 수 있게 됐다. 하지만 멘델의 연구는 그가 살아 있을 당시에는 인정받지 못하고 수십 년 동안 묻혀 있었다.

브레이크 없는 유전공학

인류,
'유전자'를 손에 넣다

그렇다면 '유전물질'의 정체는 도대체 무엇인가? 부모의 유전 정보는 어떻게 자식 세대로 전달되는가? 멘델 이후 20세기 전반의 생물학자들은 유전 정보를 전달하는 '유전자(gene)'라는 개념을 만들어냈다. 어떤 메커니즘을 통해 유전 정보가 전달되는지는 알 수 없지만, 그 기능을 담당하는 어떤 물질이 있다고 가정했던 것이다.

유전자의 실체가 드러나게 된 것은 1950년대의 일이었다. 널리 알려져 있듯이 1953년 제임스 왓슨(James Watson, 1928~)과 프랜시스 크릭(Francis Crick, 1916~2004)이 로절린드 프랭클린(Rosalind Franklin, 1920~1958)의 X선 회절 사진을 바탕으로 디옥시리보 핵산 또는 DNA의 이중나선 구조를 밝혀냈다. 이로써 유전학(genetics)은 새로운 전기를 맞게 됐다. 이제 '유전자'는 형질의 발현을 설명하기 위한 과학자들의 가정에 불과한 것이 아니라, 분명한 물질적 실체를 갖추게 된 것이다. 이를 통해 인류는 유전 정보에 본격적으로 개입할 수 있는 발판을 마련할 수 있었다.

유전자 편집 기술은
판도라의 상자일까

과학으로서의 '유전학'이 아닌 테크놀로지로서의 '유전공학'은 이 발판 위에서 시작됐다. DNA 이중나선 구조가 밝혀지고 약 20년이 지난 후 과학자들은 DNA의 특정 부위를 잘라내고 다른 부위를 갖다 붙일 수 있는 기술을 개발해냈다. 말 그대로 유전자 '재조합'이다. 이 테크놀로지를 이용해 특정한 형질을 가진 생명체를 만들어낼 수 있는 가능성이 열렸다. 최초의 바이오테크놀로지 벤처인 제넨테크(Genentech)는 1982년에 유전자 재조합 기술을 이용해 인슐린을 합성하는 박테리아를 만들어냈다. 그때까지 인슐린은 소와 돼지의 몸에서 분비되는 것을 추출하는 방식으로 만들 수밖에 없었다. 대표적인 인슐린 제조사인 일라이 릴리(Eli Lilly)는 매년 무려 5,600만 두의 동물에 의존하고 있을 정도였다. 제넨테크는 실험실에서 인슐린 합성에 성공함으로써 큰 상업적 성과를 거뒀다.

1980년대 이후 유전공학은 눈부신 성취를 이어가고 있는 것으로 보인다. 농업 부문에서는 유전자 재조합 기술을 이용해 유용한 형질을 가진 농작물들을 경작한다. 그 결과 현재 우리의 식탁 위에서도 각종 유전자 변형 식품(GMO)을 찾기 어렵지 않게 되었다. 1990년대에는 '인간게놈프로젝트'가 시작돼 10여 년에 걸쳐 인간 유전체 지도를 완성했다. 이 성과를 해석해낼 수 있다면 의학·약학 분야의 새로운 성과로 이어질 것이라는 기대가 높았다. 하지만 이는 필연적으로 인산이 생명 현상에 얼마나 개입해도 되는지에 대한 철학적, 윤리적, 사회적 논란을 불러일으켰다.

유전공학이 지금까지 걸어온 길의 끝에 이 글의 서두에서 소개한 크리스퍼 기술을 이용한 쌍둥이의 출산이 놓여 있다. 허지안쿠이의 경우 과학자로서의 명성을 얻기 위해 규정을 위반하고 연구 윤리를 무시했기 때문에 강력한 처벌의 대상이 되었다. 하지만 과학 활동이 상업화되고 국가 간 경쟁이 날이 갈수록 치열해지는 현재, 새로운 영역으로 나아가는 과학자들의 활동을 언제까지 법적으로 규제할수 있을 것인가. 이제 인공적 유전자 편집 문제는 더 이상 SF영화 속 가상현실에서나 나오는 한가로운 철학적 논의가 아니라 인류가 당장 고민해 판단을 내려야 하는 당면 과제가 되었다.

크리스퍼 이후,
기로에 선 인류

몇 주 전, 어느 반찬 회사에서 흥미로운 제품을 보내 왔다. 그동안 3개월 치를 한꺼번에 결제하면 할인을 해주었는데, 이번 달부터는 할인 서비스를 중단하고 그 대신 유전자 검사 키트를 보내주겠다는 것이었다. 며칠 후 택배로 상자가 도착했다. 상자 안에는 면봉, 플라스틱 튜브와 함께 반송할 수 있는 봉투가 들어 있었다. 면봉으로 입안을 문질러 튜브에 넣고 뚜껑을 닫은 후 우편으로 반송하면, 그것을 일본의 시험 기관으로 보내 분석한 후 그 결과를 알려주는 서비스였다. "유전자를 분석하여 유전적 위험도를 예측"하는 검사로 "아시아인을 대상으로 입증된 유전자만을 선정해" 분석한다는 안내문도 들어 있었다.

만약 딸아이를 대상으로 검사를 한 후 문제가 발견된다면 어떻게 해야 할까? 유전자 편집을 통해 문제를 해결할 수 있는 선택권이 주어진다면? 머릿속에 온갖 경우의 수들이 지나갔다. 면봉과 튜브를 손에 든 채 망연해졌다. 판도라의 상자를 열지 말지 선택해야 하는 순간처럼. 이제 곧 모든 신생아들을 대상으로 이런 검사를 하는 세상이 오게 되는 것일까? 부모는 어떤 선택을 할 것이며 결국 인류는 어떤 선택을 하게 될까?

대상 에너지라는
아이러니한 대안

테크놀로지로
해결할 수 없는 것

1970년대 중반에 태어난 나의 동년배들은 금성출판사에서 나온 '컬러과학만화학습'을 기억할지도 모른다. '지구의 과학'에서부터 '발명과 발견'까지 어린이들의 눈높이에 맞춰 과학과 기술의 원리를 설명하는 열여섯 권의 시리즈 중 열두 번째 책은 '빛/소리/열'에 대한 것이었다. 돋보기로 태양빛을 모으면 종이를 태울 수 있다는 내용이 유독 내 눈길을 끌었고, 나는 결국 어느 화창한 여름날 할머니의 돋보기를 들고 아파트 앞마당으로 나갔다. 태양 방향으로 돋보기를 대자 태양빛이 초점을 이루며 새하얗게 모이는 것을 볼 수 있었다. 눈이 부실 정도였다. 같이 들고 나간 신문지를 대보았다. 한참을 기다리고 이리저리 초점을 이동시킨 결과 신문지에서 연기가 몽글몽글 피어나기 시작하더니 동그랗게 구멍이 뚫렸다! 그날 이후로 나는 한동안 틈만 나면 할머니 돋보기를 주머니에 몰래 넣고 밖으로 뛰쳐나가곤 했다.

석탄·석유에 꺾인
최초의 태양 에너지 기술의 꿈

태양이 엄청난 양의 에너지를 발산한다는 사실을 모르려야 모를 수가 없다. 인류는 아주 먼 옛날부터 태양 에너지를 인식하고 있었고 그것을 실생활에서 직간접적으로 이용해 편의를 추구했다. 단순하게는 햇볕에 음식물을 건조해 보존 기간을 늘리는 것도 태양에너지를 이용한 것이다. 이렇듯 태양은 인류에게 중요한 자원이었다.

보다 직접적으로 태양 에너지를 이용하게 된 것은 유리를 정밀하게 깎아 렌즈를 만들기 시작하면서였다. 태양광선을 한 곳으로 모을 수 있게 되자 생각지도 못했던 강력한 에너지를 만들 수 있었다. 태양광의 위력을 극단적으로 보여준 것은 프랑스의 물리학자 오귀스탱-장 프레넬 (Augustin-Jean Fresnel, 1788~1827)이 만든 렌즈였다. 유리 표면에 정밀한 동심원 무늬의 홈을 새겨 넣어 집광(集光) 능력을 극대화한 그의 렌즈로 태양광을 모으면 온도가 섭씨

1,600도 이상까지 올라갔다. 암석을 녹일 수 있을 정도의 열이다. 프레넬 렌즈는 어린 시절 갖고 놀던 할머니 돋보기의 가장 고급 버전인 셈이다.

태양 에너지를 광대한 범위에서 상용화하려는 노력은 20세기 초에 본격화되었다. 미국의 발명가 프랭크 슈먼(Frank Shuman, 1862~1918)에 의해서였다. 그는 1897년 필라델피아에서 태양열 포집 장치를 발명했고, 이 장치를 여러 개 병렬로 연결해 보일러의 물을 끓인 후 그 증기로 증기기관을 가동하는 데 성공했다. 1912년에는 영국과 독일 정부의 자금 지원을 받아 당시 영국령이었던 이집트 나일강변에 대규모 태양열 발전소를 설치했다. 발전소에서 만들어진 동력은 나일강 관개 설비를 돌릴 수 있을 정도에 달했다. 슈먼은 이와 유사한 태양열 발전소를 아프리카 사하라 사막에 건설해 전 세계에 산업 동력을 공급하는 것까지 구상했다. 하지만 그의 꿈은 제1차 세계대전 이후 석탄 공급이 원활해지고, 이용·운반·보관이 용이한 석유가 새로운 에너지원으로 각광받기 시작하면서 꺾이고 말았다. 태양 에너지는 이후 한동안 역사의 수면 밑으로 가라앉게 됐다.

오일쇼크에 반짝 열린
두 번째 기회

그렇게 사라졌던 태양 에너지가 다시 대중들에게 모습을 나타낸 것은 제2차 세계대전이 끝난 후의 일이었다. 이번에 등장한 것은 태양열이 아니라 태양광을 직접 전기로 변환할 수 있는 테크놀로지였다. 반도체 물질의 광기전(photovoltaic, PV) 효과를 이용해 빛을 전류로 바꿀 수 있다는 사실은 1830년대에 이미 알려져 있었다. 하지만 이를 처음으로 실용적인 장치로 구현한 것은 1954년 벨 연구소에서였다. 태양광, 혹은 PV 기술의 등장은 1950년대 이후 반도체 기술의 눈부신 발전에 힘입은 것이었다. 초기 태양광 기술은 효율이 4~5퍼센트에 불과했지만 전력 공급이 어려운 인공위성 등 우주 기술에 응용되면서 많은 기대를 모았다.

그렇게 명맥을 이어오던 태양 에너지는 1970년대 '오일쇼크'를 맞아 석유 가격이 급등하자 미래의 에너지원으로 떠올랐다. 1976년 미국 대통령에 당선된 지미 카터(Jimmy Carter, 1924~)는 태양 에너지 관련 연구 개발에 3조 달러를 투자하는 한편, 백악관 지붕에 PV 패널과 태양열 급탕기를 설치하는 등 재생 에너지 활용에 큰 관심을 기울였다.

한국에 태양 에너지 관련 테크놀로지가 등장하기 시작한 것 역시 오일쇼크의 영향이었다. 석유를 전량 수입해야 하는 한국은 그 영향을 더욱 크게 받을 수밖에 없었다. 원자력 연구소 연구원들은 오일쇼크 직후부터 태양열 난방 시스템 개발에 박차를 가해 1974년 1월 서울시 상도동에 '태양의 집'을 지었다. 태양 에너지를 집열 장치에 모아 파이프 안의 물을 데운 후 그것을 집 전체로 순환시키는 방식이었다. 연구 책임자는 32평 크기의 주택에서 하루 20만 kCal의 열을 얻을 수 있다고 장담했다. 이는 대형 보일러나 내연기관 등의 주 연료로 사용되는 벙커C유 19리터에 해당하는 양이었다. 한국의 모든 주택이 이렇게 만들어진다면 엄청난 양의 석유를 아낄 수 있게 될 전망이었다. 정부는 한국과학기술연구소(KIST) 부설 독립 기관으로 태양 에너지 연구소를 설립하는 등 재생 에너지 개발을 촉진하기 위한 지원을 아끼지 않았다. 미국을 비롯한 선진국의 기술 트렌드를 충실히 추격하는 양상이었다.

1960~1970년대 태양 에너지 개발에서 흥미로운 점은 거대 석유 회사들이 연구 개발에 앞장섰다는 것이었다. 아이러니한 일이 아닐 수 없었다. 기업이 스스로의 존재를 무력화할 수 있는 테크놀로지 개발에 투자한 것이다. 이는 오일쇼크 이후 미국에서 '석유 산업'이라는 영역 자체가 없어질 수도 있다는 위기감의 발로였다. 위기에 대응하기 위한 다변화 전략의 일환으로 태양광 기술을 비롯한 재생 에너지에 관심을 기울였던 것이다. 다른 한편으로 태양광 관련특허를 확보함으로써 재생 에너지의 급속한 확산을 통제하려는 의도도 없지는 않았을 것이다.

태양 에너지를 둘러싼 테크놀로지의 역사는 기술 체제의 경합이 반드시 상호 배제적인 것은 아니라는 사실을 보여준다. 20세기 들어 공고해진 석유 중심의 에너지 체제가 태양광 테크놀로지의 진입을 전력을 다해 저지했다고 생각하기 쉽다. 하지만 경합하는 기술의 역사에서는 생각하지 못했던 일이 벌어지곤 한다. 역사의 우연이 만들어낸 틈을 타고 새로운 테크놀로지가 부상하는가 하면, 예기치 못한 계기로 과거의 테크놀로지가 급속하게 '멸종'될 수도 있다. 어쨌든 거대 석유 회사의 지원과 더불어 정부와 대학의 연구 활동으로 인해 태양광 기술은 빠른 속도로 발전했다. 효율이 높아졌을 뿐만 아니라 생산 단가 역시 떨어졌다. 하지만 그렇다고 해서 강고한 석유 체제가 앞으로 짧은 기간 안에 붕괴할 것이라고 예상할 수도 없다.

기후위기의 시대,
에너지 전환은 가능할까

태양 에너지의 두 번째 기회의 창은 1981년 이후 석유 가격이 안정되면서 극적으로 닫히고 말았다. 공화당 후보로 미국 대통령에 당선된 로널드 레이건(Ronald Reagan, 1911~2004)은 카터가 마련한 태양 에너지 관련 정책을 모조리 취소했다. 더 이상 '재생 에너지'를 개발·보편화할 정치적 동력이 사라진 것이다. 그로부터 20여 년 후 석유 가격이 다시 급등하기 전까지 태양광 기술은 대중들의 시야에서 사라졌다. 태양 에너지와 관련된 기술의 운명은 그 자체의 장단점에 의해 결정되기보다는 석탄이나 석유, 원자력 등 당대의 주류 에너지원의 가격(또는 입수 가능성)의 변화에 따라 결정됐다.

2020년 현재 기후변화에 따른 환경위기를 둘러싸고 여러 우려가 쏟아지는 가운데 다시금 태양 에너지에 대한 관심이 세계적으로 높아지고 있다. 이런 흐름을 타고 사실상 무궁무진한 태양 에너지는 드디어 전 지구적 위기에 대한 기술적 해결책이 될 수 있을 것인가? 하지만 에너지 개발은 그 기술적 가능성보다 당대의 정치적, 산업적 지형에서의 판단에 더 크게 좌우되어왔다. 그 점에 비추어 볼 때 에너지 전환의 길이 쉽지만은 않을 것임을 역사는 예고하고 있다. 한국에서도 '친환경'이라는 캐치프레이즈를 달고 지역마다 태양광 패널을 설치하는 사업이 적극적으로 진행되고 있지만, 최근에는 오히려 대규모 태양광 사업이 환경에 부담을 준다는 지적이 심심치 않게 나오고 있기도 하다.

다음 장에서도 다루겠지만, 현재의 삶의 방식을 바꾸지 않고 특정 분야의 테크놀로지를 발전시키는 것만으로는 우리가 처한 문제를 해결할 수 없다. 테크놀로지는 만병통치약이 아니며, 언제나 그것을 받아들이는 사회의 흐름에 따라 작동하기 때문이다.

226

전기자동차의 역사

새로운 테크놀로지와
대안적 교통 시스템

어린 아이에게 자동차 소리를 내보라고 시켜보자. 열에 아홉은 '부르릉'이라고 대답할 것이다. (영어권에서도 이와 비슷하게 'vroom'이라고 표현한다.) 많은 사람들이 이것을 당연하게 받아들인다.

  하지만 이 표현이 필연적인 것은 아니다. 왜냐하면 '부르릉'은 내연기관을 동력원으로 하는 자동차에서 나는 소리이기 때문이다. 디젤 또는 가솔린을 연료로 하는 내연기관의 실린더가 주기적인 강약 운동을 할 때 이런 소음이 난다. 이를 우리가 '자동차 소리'로 인식하게 된 것은 20세기동안 내연기관이 자동차의 지배적인 동력원으로 쓰였기 때문이다.

하지만 최근 당연하게 여겨졌던 자동차 지형에 변화가 생기고 있다. 전기자동차기 급부상했기 때문이나. 요즘에는 길거리에서 푸른색 번호판을 단 전기자동차를 어렵지 않게 찾아볼 수 있다. 전기자동차는 고용량 배터리의 전력으로 전기 모터를 돌려 추진력을 얻으며, '부르릉' 소리가 나지 않는다. 즉 전기자동차는 내연기관 자동차와 겉모양이 비슷할 뿐 전혀 다른 종류의 기계이다.

내연기관 자동차가
주류가 된 것은 필연이 아니다

사실 전기자동차는 최근에 갑작스레 등장한 테크놀로지가 아니다. 19세기 말 축력(畜力)을 이용한 운송 수단의 대안을 모색하는 과정에서 이미 전기자동차는 내연기관 자동차와 경쟁을 벌였다. 오히려 초창기에는 전기자동차가 보다 유력한 대안으로 받아들여지기도 했다. 1897년 미국의 어느 잡지에는 이런 글이 실렸다. "도시 운송 문제에 있어서 이른바 '말이 없는 마차(horseless carriage)'가 중요한 해결책으로 대두되고 있다. 적어도 이 나라(미국)에서 동물의 힘을 이용한 추진력은 전기(電機)의 힘으로 거의 완전히 대체됐다." 이 기사는 이어서 뉴욕에서 서비스를 시작한 전기자동차 택시 회사의 소식을 전했다. 19세기 말 뉴욕에서 '자동차'란 우리에게 익숙한 내연기관이 아니라 전기 모터와 배터리를 이용한 차량을 일컫는 말이었다.

그렇다면 내연기관은 어떻게 20세기 모빌리티를 지배하게 되었으며, 전기자동차는 왜 역사의 장막 뒤에 머물러 있었을까? 이 질문에 대한 전통적인 대답은 전기 모터에 비해 내연기관이 우월한 테크놀로지라는 것이다. 우선 내연기관 자동차는 대량생산 시스템과 성공적으로 결합했다. 앞에서 살펴봤듯이 포드사가 내연기관 자동차인 '모델 T' 자동차를 생산하기 시작한 후, 생산 경험이 축적되고 생산 규모가 확장될수록 대당 가격은 점점 하락했다. 이 무렵 당대 최고의 발명가인 토머스 에디슨은 전기 배터리를 이용한 자동차를 개발했지만 전기자동차가 대중화되는 데 배터리의 성능은 큰 걸림돌로 작용했다. 육중한 배터리를 내장한 자동차는 엄청나게 무거웠고 하루에도 여러 차례 재충전해야만 했기 때문이다. 반면 시간이 지날수록 내연기관은 더욱 연비가 좋아졌고 가격은 저렴해졌다. 1920년대가 되자 내연기관 자동차가 시장을 지배하는 것이 너무나도 당연하게 느껴졌다.

하지만 '우월함'이라는 개념은 절대적이지 않다. 1900년 전후 시기까지 자동차의 동력에 대한 선택지는 여전히 열려 있었다. 전기자동차만의 장점도 분명히 있었다. 당시에는 별로 큰 고려사항은 아니었겠지만, 전기자동차는 매연과 소음이 적었다. 게다가 내연기관 자동차에 비해 작동 방식이 훨씬 간단했다. 예를 들면 모델 T의 시동을 걸기 위해서는 '크랭크'라는 부품을 엔진 부위에 꽂고 강한 힘으로 회전시켜 주어야 했는데 근력이 약한 여성은 하기 어려운 동작이었다. 이와 달리 전기자동차는 스위치를 누르기만 하면 시동이 걸렸기 때문에 20세기 초에는 전기자동차가 대도시 부유층 여성을 겨냥해 "여성을 위한 자동차"라는 캐치프레이즈를 내걸고 홍보됐다.

결국 내연기관 자동차가 시장을 압도하게 된 것은 그 자체가 기술적으로 우월했기 때문만은 아니었다. 내연기관 자동차가 수월하게 작동하게끔 뒷받침하는 환경의 영향도 컸다. 텍사스주의 유전이 개발되고 정유 산업이 성장하면서 거대 석유 회사들이 전국 각지에 주유소를 설치했다. 이제 내연기관 자동차를 타고 아무리 멀리 가도 연료를 구할 걱정을 할 필요가 없어졌다. 내연기관 자동차에 친화적인 사회 인프라의 구축은 자동차 시대 개막의 결정적인 조건이었다.

**대안적 테크놀로지가
작동하지 못하는 진짜 이유**

내연기관이 자동차 테크놀로지 발전의 필연적 귀결이 아니라는 사실을 보여주는 또 하나의 사례는 1930년대 이후 동아시아 지역에서 이용된 목탄(木炭)자동차이다. 두 차례의 세계대전 사이에 석유 공급선이 막히자 중국과 일본의 엔지니어들은 가솔린 내연기관 자동차를 개조해, 목탄을 때워 나온 일산화탄소 가스를 동력원으로 삼는 자동차를 개발했다. 당시 일본 정부는 민간에서 차량용 가스 발생 장치를 설치하는 데 드는 비용의 절반을 보조하는 정책을 추진하기도 했다. 이에 따라 한반도에서도 1930년대 후반 이후 목탄을 연료로 삼는 자동차를 찾아볼 수 있게 됐다. 해방 당시 서울에 등록된 12,000여 대 자동차의 대다수가 목탄차였다. 이후에도 아시아와 유럽의 여러 나라에서는 유류 공급에 문제가 생길 때마다 목탄차로의 회귀가 해결책으로 제시되곤 했다. 이렇듯 목탄자동차는 자립경제(autarky)를 상징하는 테크놀로지가 됐다.

전기자동차와 목탄자동차의 사례들은 내연기관이 시장을 주도하던 20세기 내내 그와 경쟁하는 대안적 자동차 테크놀로지가 끊임없이 존재해왔음을 보여준다. 그리고 이 경합 과정에서의 주요 변수는 단순히 기술 자체의 우열이 아니라 사회적으로 기술을 작동시키는 인프라의 유무, 그리고 그 인프라와 연결된 이해관계였다. 즉, 어떤 시대의 주류 테크놀로지는 기술 자체의 힘만으로 만들어지는 것이 아니다. 그리고 역사는 주류 테크놀로지 관계망의 관점에서 재편되곤 한다.

결국 내연기관이 지배적 테크놀로지의 지위를 차지하

자 대안적 테크놀로지들의 역사적 의미는 새로운 상황에 맞게 재설정됐다. 목탄자동차는 과거 한때의 연료 부족이라는 특수한 사정에 내응하기 위한 궁여지책 정도로, 전기자동차는 앞으로 배터리 기술의 수준이 충분히 높아지면 실용화될 잠재성을 가진 미래 테크놀로지로 이야기됐다.

교통 시스템의 전환 이전에
물어야 할 것

2020년 현재 전기자동차는 기후·에너지 위기와 미세먼지 문제를 해결할 대안적 테크놀로지로 각광받고 있다. 전기차의 도입을 장려하기 위해 정부에서는 대당 수백만 원의 보조금을 지급하는 계획을 시행중이기도 하다. 물론 지구상에 존재하는 모든 자동차를 현재 시점에서 가장 효율적인 전기자동차로 교체할 수만 있다면 분명히 지금보다는 상황이 나아질 것이다.

하지만 이런 전환은 갑자기, 자연스럽게 이루어지는 것이 아니다. 이미 구축되어 있는 내연기관 자동차 중심의 교통 시스템 속에 전기자동차가 들어올 때 발생하는 예기치 않은 문제들을 해결해나가는 사회적 과정이 필요하다. 예를 들면 '부르릉' 소리가 나지 않는 전기자동차를 시각장애인이 인지하지 못한다는 점 때문에 유럽연합에서는 2019

년 전기자동차에 '음향 경고 시스템' 설치를 의무화하는 법을 제정하기도 했다. 한 사회에 특정 테크놀로지가 자리 잡는 것은 집단적 행동 방식의 적응 시간이 축적되어야 가능한 일이다.

더 나아가 기존의 테크놀로지를 대안적 테크놀로지로 대체하려는 이유가 무엇인지 깊은 성찰이 전제되어야 한다. 20세기 모빌리티가 야기한 각종 문제의 근본에는 현재 우리가 당연하게 받아들이고 있는 거대하고 극도로 개인화된 교통 시스템과, 개별 소비자의 더 많은 소비를 유도해온 대량생산-대량소비 체제가 놓여 있다. 아무리 '친환경'적인 자동차가 개발된다고 해도, 문제의 원인이 된 현대적 삶의 방식 자체가 바뀌지 않는데 얼마나 효과가 지속될 것인가. 즉 전기자동차와 교통의 전환을 이야기하기 전에 우리는 더 집요하게 물어야 한다. 현대인은 도대체 왜 이렇게 많이, 멀리, 게다가 굳이 혼자서 이동하고 싶어하는지에 대해서 말이다.

백신과 건강의
시스템

건강은 개인의 문제가 아니다

내 왼쪽 어깨에는 연필 두께만 한 크기의 흉터가 남아 있다. 살짝 솟아올라 있어 보지 않고도 촉감만으로 그 위치를 찾을 수 있다. 나와 비슷한 또래의 한국인이라면 대개 비슷한 흉터를 갖고 있을 것이다. 이른바 '불주사 자국'이다. 내가 불주사를 맞은 것은 아마도 초등학교 저학년 무렵이었을 것이다. 신체검사를 하는 날 키와 몸무게를 재고 시력 검사를 하는 일반적인 과정을 모두 통과한 후 선생님의 지시에 따라 양호실 문 앞에 친구들과 번호 순서대로 서 있었다. 그러다가 이름이 호명되면 한 명씩 양호실로 들어갔다. 들어갔다 나오는 친구들의 표정으로 보아 뭔가 심각한 일이 벌어지는 것 같았다. 여닫히는 문틈으로 알코올램프의 불꽃이 보였다. 그렇게 우리는 차례대로 들어가 불주사를 맞았다.

그날 양호실에 불려 들어가기 직전의 공포감은 아직까지도 선명하게 남아 있다. 최근 코로나19가 대유행하고, 세계 각국의 관련 연구 기관에서 백신 개발에 박차를 가하는 상황에서, 다시 한번 그 공포감을 떠올렸다. 불주사가 코로나19 예방에도 효과가 있다는 주장이 나오면서 이제 곧, 다음 세대를 위해 새로운 불주사가 등장하지 않을까 싶어서.

암소로부터 온 백신

수많은 한국인들의 어깨에 흔적을 남긴 '불주사'는 결핵 예방을 위한 접종이다. 주삿바늘을 통해 우리의 몸속으로 결핵균의 균주(菌株)가 들어간다. 전염병을 예방하기 위해 그 병을 일으키는 원인이 되는 물질을 우리 몸속에 투여하는 것이다. 그리고 그 결핵균은 인수 공통(人獸共通) 감염균으로, 인간이 아닌 소에게서 얻었다.

이러한 획기적인 방식을 처음으로 시도한 사람은 누굴까. 바로 우두법(牛痘法)을 개발한 영국의 의사 에드워드 제너(Edward Jenner, 1749~1823)다. 제너는 1796년 자신이 고용한 정원사의 여덟 살 난 아들의 팔에 작은 상처를 낸 후 우두 고름을 넣는 실험을 했는데, 그 소년은 이후 1년 동안 천연두에 걸리지 않았다. 제너는 이 사실을 논문으로 정리해 왕립학회에 보고했다. 이것이 우리가 알고 있는 우두법의 시각이었다.

잘 언급되지 않지만, 제너가 우두법을 시험할 무렵 인두법(人痘法)이 널리 알려져 있었다는 사실은 중요한 배경이다. 유럽, 아프리카, 중동 지역 등에서 천연두에 걸린 사람에게서 채취한 병원균을 아직 병에 걸리지 않은 사람에게 주입하는 인두법 처치는 종종 시행되었고, 이렇게 하면 천연두에 감염되어도 경미한 증상만 겪고 회복할 수 있다고 여겨졌다. 문제는 인두법의 효과가 일정하지 않다는 점이었다.

제너의 실험은 인두 대신 우두를 썼을 때 어떤 결과가 나타날지를 알아내는 데에 방점이 있었다. 우두가 효과가 있을지도 모른다는 생각은 당시에 떠돌던 민간의 지식에 기댄 것이었다. 소젖을 짜는 촌부(村婦)들은 천연두를 앓지 않고 지나가는 경우가 많았다. 이는 소젖을 짜는 과정에서 소의 젖통과 고름(우두)을 손으로 만졌기 때문으로 추측됐다. 현재의 용어로 설명하면 우두는 인수 공통 전염병이고, 우두와의 접촉을 통해 형성된 항체는 인두 바이러스에 대해서도 면역 작용을 할 수 있다는 것이다. 제너는 자신이 개발한 이 방법에 '백신'이라는 이름을 붙였다. 이 단어는 "암소의" 또는 "암소로부터"라는 뜻의 라틴어 '바키누스(vaccinus)'에서 유래했다.

과학과 의학의 혁신,
예방 의학의 막이 오르다

하지만 18세기 후반 의료계와 과학계는 제너의 우두법을 쉽게 받아들이지 않았다. 병원균을 그대로 인체에 주입하는 방식이 갖는 불확실성 때문이었다. 이 문제를 해결한 것은 프랑스의 생화학자 루이 파스퇴르(Louis Pasteur, 1822~1895)였다. 그는 닭을 대상으로 콜레라 백신을 연구하던 중 병원균을 여러 세대에 걸쳐 반복적으로 배양하면 그 독성은 낮추면서 항원으로서의 기능을 유지할 수 있다는 사실을 발견했다. 이른바 독성약화(attenuated) 백신이었다. 파스퇴르는 이 발견을 토대로 탄저병과 광견병을 예방할 수 있는 백신을 개발하는 데 성공했다.

이는 의료의 역사에서 대단히 중요한 전환점이었다. 환자가 질병에 걸릴 때까지 기다렸다가 치료하는 것만이 아니라, 사전에 질병에 걸리지 않게 하는 예방 의학의 가능성이 열린 것이다. 국제 사회의 전폭적인 지지를 등에 업은 파스퇴르는 파리에 자신의 이름을 딴 파스퇴르 연구소(Pasteur Institute)를 설립하고, 여러 전염병의 백신을 개발하기 위한 연구를 추진해나갔다.

내가 1980년 무렵에 맞았던 결핵 예방을 위한 불주사의 이야기는 바로 이 파스퇴르 연구소에서 시작됐다. 이 백신은 제너의 우두법과 유사한 원리로 개발됐다. 프랑스의 세균학자 알베르 칼메트(Albert Calmette, 1863~1933)와 카미유 게랭(Camille Guerin, 1872~1961)은 1908년부터 결핵 유방염은 앓고 있는 소에서 얻은 결핵균을 여러 세대에 걸쳐 반복 배양한 결과, 인간 결핵균에 대한 항체를 만들어낼 수 있는 백신을 개발하는 데 성공했다. 무려 13년에 걸친 장기 프로젝트였다. 이 백신은 두 과학자 이름을 따서 BCG(Bacillus Calmette-Guérin)라고 알려지게 됐다. BCG 백신은 1921년부터 사용되기 시작했고, 한국의 어린이들은 1962년부터 의무적으로 접종하게 됐다.

세계보건기구(WHO)는 이 백신을 필수 의약품 목록에 등재해 최근에는 매년 1억 명 이상의 어린이들에게 접종하고 있다. 내가 불주사를 맞은 시기로 보아 아마도 그 백신은 '파스퇴르 냉동건조 BCG'였을 것으로 생각된다. 그 이후 한국인이 맞은 BCG 백신의 균주는 몇 차례 바뀌었는데, 균주의 종류에 따라 흉터의 모양도 조금씩 달라졌다. 어쨌든 BCG 접종이 일반화되면서 결핵은 과거와 비교해 그 발생 빈도가 확연하게 줄어들었다.

팬데믹 시대, 백신과 정치는 어떻게 결합할까

전염병 예방은 한편으로 과학과 의학의 문제이지만 다른

한편으로는 정치 또는 국가의 문제이기도 하다. 백신을 개발하는 것도 중요하지만, 그렇게 개발된 백신을 수많은 사람에게 접종해 집단 면역(herd immunity)을 확보하는 것이 전염병 전파를 예방하는 방법이기 때문이다. 그리고 인구 대부분이 항체를 형성해 면역성을 갖출 수 있게 하려면 접종을 강제할 수 있는 강력한 국가 기구가 필수적이다. 파스퇴르의 백신 개발이 유럽에서 강력한 국민국가가 등장하던 시기에 이루어졌다는 사실은 백신과 정치가 밀접하게 연결돼 있다는 점을 시사한다. 19세기 중반 이후 전염병을 예방해 국민의 건강과 생명권을 보호하는 것은 먹고사는 문제를 해결하고 외적으로부터 영토를 지키는 문제와 함께 국가의 기본 책무로 떠올랐다.

이는 최근 코로나19를 둘러싼 논란을 통해서도 알 수 있다. 세계 각국은 (정도의 차이는 있지만) 자국민의 건강을 보호하기 위해 다양한 노력을 기울이고 있다. 한국에서는 질병관리본부를 중심으로 여러 정부 기구들이 방역(防疫)을 위해 '신체적 거리두기'를 강제하고 확진자 동선을 따라 소독 작업을 벌이는 등 여러 정책을 추진한다. 심지어 마스크를 차질 없이 국민에게 공급하는 일이 정부에서 담당해야 할 당연한 책무로 받아들여진다. 그와 함께 세계 각국의 관련 연구 기관에서는 새로운 바이러스에 대응할 수 있는 백신을 개발하기 위해 노력하고, 개발하지는 못하더라도 충분한 수량의 백신을 확보하기 위해 최선을 다하고 있다는 소식

백신과 건강의 시스템

이 전해진다.

건강과 질병이 개인의 문제가 아니라는 점에서부터 앞으로의 일을 짐작해본다. 진염병의 시구적 대유행인 팬데믹 상황은 앞으로 국가 기구가 얼마만큼 우리의 일상생활 속으로 비집고 들어올 수 있을지를 보여줄 것이다. 예방과 보호라는 명목은 어쩌면 때때로 통제와 강제의 상황을 정당화할지 모른다. 우리는 '건강'을 위해 어디까지를 받아들이거나 거부하게 될까. 다음 세대 역시 내 세대의 한국인들이 초등학생 때 양호실 앞에서 느꼈던 공포감을 나눠 갖게 될지 모른다. 코로나19 시대를 함께 지나며, 모두의 몸과 마음 어딘가에 봉긋 솟아 영영 지워지지 않을 흉터에 대해 생각한다.

팬데믹의 테크놀로지

연결과 차단의 이중주

이 글을 쓰고 있는 2021년 1월 현재 코로나바이러스 감염증으로 정상적인 일상생활을 하지 못한 지 1년이 넘은 시점이다. 대학을 비롯한 각급 학교들은 이미 두 학기 동안 대면 수업을 제대로 진행하지 못했다. 2020년 한 해 동안 내가 가장 친숙해진 테크놀로지를 꼽으라면 아마 웹캠을 들어야 할 것이다. 2020년 1월에 코로나19 팬데믹이 시작되자 3월 개강이 연기됐다. 그러다가 결국 비대면 수업을 진행해야 한다는 지침이 내려왔다.

사실 스마트폰에 내장된 카메라를 이용해서도 언제든 누군가와 화상 통화를 할 수 있지만, 여러 학생과 안정적으로 수업을 진행하기에는 무리였다. 그래서 비대면 수업 지침이 내려오자 데스크탑 컴퓨터에 연결해 사용할 수 있는 웹캠을 사야겠다고 마음먹었다. 하지만 검색하는 온라인 매장마다 품절이거나 터무니없이 높은 가격이었다. 초중고 학생들도 온라인 수업으로 개학하기로 결정된 터라 웹캠 품귀 현상이 나타났던 것이다. 마치 팬데믹 초기에 '마스크 대란'이 일어났듯이 일종의 '웹캠 대란'이 일어났다. 다행히 여유분을 갖고 있던 친구의 도움으로 첫 비대면 수업을 무사히 마칠 수 있었다.

팬데믹 시대, 우리는
테크놀로지로 연결된다

팬데믹을 맞아 웹캠과 화상 회의 플랫폼은 사람들 간의 접촉을 차단하면서 서로를 연결하는 새로운 방식으로 등장했다. 이는 완전히 새로운 테크놀로지는 아니었지만 2020년 이전보다 훨씬 높은 빈도로 우리의 삶 속에 들어왔다.

일상이 금방 제자리를 찾을 것이라는 초기의 믿음과 달리 1년 내내 사람과의 접촉을 될 수 있으면 피해야 하는 시대가 계속되었다. 나는 이후 두 학기 동안 웹캠을 들여다보며 강의를 녹화했고, 온라인 화상 회의 플랫폼을 이용해 실시간 수업을 진행하고 업무 회의에 참석했다. 이 글을 쓰는 오늘도 줌(Zoom)사의 플랫폼을 통해 오전에는 박사학위 논문 심사에 참여한 후 오후에는 두 차례의 프로젝트 자문 회의를 주관했다. 궁금해서 찾아본 줌사의 주식은 2020년 초 주당 70.32달러였던 것이 같은 해 10월에는 568달러를 넘어서며 무려 8배 이상 치솟았다.

팬데믹이 장기화되자 연구자로서 나의 활동에도 큰 변화가 생겼다. 국내외 많은 학술대회가 온라인 플랫폼에서 진행되기 시작했다. 그러자 과거에는 시간과 비용의 문제 때문에 참여하지 못했을 행사에 더 자주 참여하게 되었다. 10월에는 독일의 연구 기관에서 주관하고 한국, 중국, 일본, 대만 등 동아시아 지역의 여러 연구자가 참여해 코로나19 시대의 마스크 착용을 둘러싼 비교 연구를 수행하기 위한 워크숍을 개최했다. 미국 대학에 근무하는 연구자가 자신의 연구 결과를 발표하는 콜로퀴움 행사도 내 방에서 참석할 수 있었다. 시간대가 달라서 가끔 새벽에 일어나서 컴퓨터 앞에 앉아야 하는 불편함은 있었지만, 장거리 비행 끝에 시차에 시달리면서 해외 학술대회에 참가하는 것보다는 훨씬 편리했다. 물론 발표가 끝나고 맥주집에 모여 동료들과 연구 얘기를 하거나 업계의 최신 뒷담화를 주고받을 수는 없다는 아쉬움은 남았지만 말이다.

테크놀로지의
바깥에 있는 것들

이렇게 코로나19로 인한 사회적 거리두기가 장기화되는 와중에도 교육자 혹은 연구자로서 나의 삶은 각종 디지털 테크놀로지의 도움으로 적어도 겉보기에는 어떻게든 굴러가는 것 같았다. 하지만 곳곳에서 예기치 않은 문제가 생기기도 했다.

내 주변의 한 대학원생은 화상으로 진행하는 세미나 수업을 들으면서 극심한 스트레스를 호소했다. 이 수업은 해당 주차의 읽기 과제인 논문 또는 책에 대해 서로의 의견을 주고받는 토론식으로 진행됐는데, 웹캠에 잡힌 상대방의 모습만으로는 서로의 의도를 정확히 파악하기 어려웠다고 했다. 인간의 대면 소통이 얼마나 고밀도의 정보를 전달하는 것이며, 아무리 최신의 디지털 테크놀로지로도 그것을 완벽하게 대체할 수 없음을 잘 보여주는 사례다.

대학교 수업만이 아니라 초·중·고등학교 수업도 비대면으로 진행됨에 따라 여러 가지 문제가 발생했다. 가장 큰 문제는 무엇보다도 개별 가정에서의 여건에 따라 학습 격차가 더욱 심화된다는 점이었다. 교사와의 소통이 제한적인 상황 속에서 가정 환경이 어려운 저소득층 학생들이 제대로 된 학습 관리를 받기 어렵기 때문에 나타나는 현상일 것이다. 2020년의 비대면 수업의 효과가 어땠는지는 보다 정

팬데믹의 테크놀로지

밀한 연구 결과를 기다려 보아야겠지만, 지금까지 알려진 것만으로도 심각한 수준의 불평등으로 이어질 가능성이 있어 보인다.

사람은 테크놀로지를 만들고, 테크놀로지는 사회를 만든다

우리는 2020년 내내 사람과의 접촉을 차단하면서 동시에 서로 연결되기 위해 여러 테크놀로지에 의존했다. 앞서 논의했던 마스크가 대표적이다. 마스크가 우리의 입과 코를 보호해준 덕분에 그나마 사람들을 만나 이야기를 나눌 수 있었다. 식당에 설치된 플라스틱 차단막 덕분에 아쉬운 대로 마주앉아 밥 한 끼를 같이 먹을 수 있었다. 건물마다 설치된 체온 측정기는 완벽하지는 않지만 유증상자를 어느 정도 걸러낼 수 있게 해주었고, 그 덕분에 약간의 안도감을 느낄 수 있게 되었다. '방역 용품'이라고 부르는 단순하고 복잡한 사물들은 전염병이 확산되는 것을 방지하는 범위 안에서 최대한의 경제 활동을 가능케 해주기 위한 목적으로 만들어졌다. 그와 동시에 우리는 이렇게 해서라도 어떻게든 타인과 연결되고자 하는 열망을 품고 있는 사회적 존재라는 사실 또한 반영한다.

　코로나19 사태가 종식되고 우리가 일상을 회복하게 되

면 대부분의 방역 용품들은 우리의 시야에서 사라지겠지만, 남아 있는 것들도 없지는 않을 것이다. 특히 이미 1년이 넘도록 익숙해진 이른바 비대면 소통 방식은 팬데믹이 끝난 '포스트 코로나' 시대에도 어떤 식으로든 우리 곁에 머물 가능성이 크다. 웹캠과 화상 회의 플랫폼은 우리가 한 번도 겪어보지 못한 비상한 상황에서 맞닥뜨린 문제를 해결할 수 있게 해주었다. 그것은 꼭 만나야 하지만 코로나19로 만나기 어려워진 사람들을 연결해줬을 뿐만 아니라, 예기치 않게 예전에는 만날 수 없었던 사람들도 새롭게 만날 수 있게 했다. 하지만 동시에 누군가를 소외시키는 결과를 낳기도 했다. 비대면 소통이 디지털 기반으로 이루어지는 만큼 디지털 기기에 접근할 수 있는 능력과 여건에 따라 계층 간 불평등은 심화될 것으로 예상된다. 앞서 말한 닐 포스트먼이 지적했듯이, 모든 테크놀로지에는 승자와 패자가 있기 마련이다. 이는 포스트 코로나 시대가 코로나19 이전과 똑같은 모습으로 돌아가지는 않을 것임을 시사한다. 그렇다면 이제 비대면 소통의 장점을 최대한 살리고 단점을 최소화할 수 있는 방법을 고민해야 한다. 전염병이라는 핑계가 사라진 이후 인간의 소통은 어떤 모습이 될까.

이렇게 보면 2020년은 테크놀로지가 인간 사회를 유지하는 데 필수적인 요소임을 여실히 깨달은 한 해였다. 기술은 인간의 의도에 따라 그 의지를 실현시켜주는 단순한 도구가 아니다. 인간과 인간 사회는 끊임없이 새로운 기술

247　　　팬데믹의 테크놀로지

을 만들어내지만, 반대로 그러한 기술은 인간과 인간 사회를 재구성한다. 이렇게 우리를 둘러싼 기술의 풍경은 시간에 따라 변화해가고, 그에 따라 우리도 새로운 존재로 다시 태어나는 것이다. 코로나19 시대의 웹캠은 외부 환경의 변화에 따라 나의 일상을 구성하는 사물이 얼마나 빠른 속도로 바뀔 수 있는지를 느끼게 해주었으며, 그렇게 바뀐 기술적 환경은 내가 다른 사람들과 연결되는 방식을 완전히 바꾸어놓았다.

나가며

사물들이 만드는
현대적 삶의 풍경

몇 해 전 <응답하라 1988>이라는 드라마가 인기를 끌었다.
나 역시 그 드라마를 재미있게 봤던 시청자 중 한 명이었다.
드라마 주인공들이 설정상 나와 비슷한 나이대라서 더 빠
져들었던 것 같다. <응답하라> 시리즈를 연출한 신원호 PD
는 극중 시대 배경을 치밀하게 고증하는 것으로 유명하다.
<응답하라 1988>에서도 1980년대 후반에서 1990년대까
지의 시대상을 반영하는 여러 사물들이 등장한다. 이런 섬
세한 부분이 실제 그 시대를 살아온 사람에게는 추억을 되
새기게 했고, 젊은 세대에게는 30여 년 전의 삶에 대한 호
기심을 자극했다.

사물의 풍경을
변화시키는 요인들

<응답하라 1988>을 보면서 1988년으로부터 2021년까지 33년 동안 한국인의 시선에 포착되는 사물의 풍경이 얼마나 급격하게 변화했는지 실감했다. 주인공들이 모여서 VHS 비디오테이프에 담긴 영화를 보는 장면을 현재의 젊은 세대는 상상하기 어려울 것이다. 이러한 변화가 가능하게 된 데에는 여러 요인이 있다.

무엇보다도 한국이 보유한 과학 지식과 공학기술 능력이 이전과 비교할 수 없을 정도로 향상되었다. 본격적인 산업화가 시작된 1960년대와 중화학 공업화가 진행된 1970년대에는 물론이고, 1980년대에도 한국의 기술 능력은 여전히 외국의 기술을 모방하는 수준에 머물러 있었다. 그 당시에 비하면 현재 몇몇 분야에서 한국 기업이 보여주고 있는 기술적 성취는 눈부시다는 말로도 부족하다. 기술 능력의 향상은 우리가 일상생활에서 사용하는 사물의 풍경 곳곳에 반영되어 있다.

예전보다 훨씬 다양하고 까다로운 요구를 가진 소비자 집단의 대두 역시 중요한 요인이다. 어느 집단에서든 경제적 형편이 나아지면 전에는 눈에 띄지도 않던 불만과 새로운 욕구가 생겨나는 법이다. 어느 집에나 하나씩 있었던 노란색 알루미늄 주전자를 대부분 큰 불만 없이 쓰던 시절이 있었다. 하지만 언젠가부터 주전자의 종류가 다양해지고, 새로운 기능이 하나둘씩 생겨나더니, 전기를 이용해 물을 끓일 수 있는 주전자가 일반화되었다. 디자인을 보는 소비자의 눈도 점점 수준이 높아져 이제는 세련된 디자인을 갖추지 못한 제품은 시장에서 살아남지 못하는 지경이 되었다.

이 책을 준비하며 내가 어린 시절부터 이용했던 물건들을 돌아볼 수 있었다. 그 중에는 지금은 사라진 물건도 있고, 여전히 남아 있는 물건도 있다. 또 완전히 사라지지는 않았지만 그 외양이 너무 많이 바뀌어 같은 물건이라고 생각하기 어려운 것도 있다. 나아가 예전에는 없었는데 새로 등장한 물건도 있을 것이다. '모나미153' 볼펜처럼 변함없는 모습으로 우리의 곁을 지키는 사물은 이제 '민속품'이라고 불러도 이상하지 않을 정도가 되었다. 자동차의 겉모습은 내가 어린 시절에 탔던 것과 크게 다르지 않지만, 부품과 성능은 상전벽해(桑田碧海)를 이루었다. 오늘날 누구나 하나씩 들고 다니는 스마트폰은 1980년대에만 해도 미래 사회를 상상할 때에나 나오는 물건이었다.

**기술, 테크놀로지, 사물
그리고 인간**

이렇듯 시간의 흐름에 따라 우리의 삶을 구성하는 사물들은 변화하고, 변화하는 사물의 풍경은 폭넓은 시대상을 반영한다. 문학 작품이나 미술을 창(窓)으로 삼아 시대를 읽어낼 수 있듯이, 인공물인 사물을 통해 당시 사람들이 처해 있는 정치·경제적 상황과 사회·문화적 욕망의 변화를 조망할 수 있다.

이 책에서 나는 '기술', '테크놀로지', 그리고 '사물'이라는 단어를 뒤섞어 사용했다. 한국에는 '기술'을 천대하는 뿌리 깊은 사고가 여전히 남아 있다. 최근에는 많이 사라졌다고는 하지만 1990년대까지만 해도 "공부 못하면 기술이라도 배워야지"라는 말이 큰 거부감 없이 받아들여졌다. 고급의 정신 활동을 우대하고 손으로 하는 노동을 천대하는 오랜 관습 탓이다. 한편, '테크놀로지'라고 하면 최첨단의 기술적 산물을 떠올리는 경향이 있다. 한국을 비롯한 선진국의 맥락에서 테크놀로지를 정보기술(IT)과 등치시키는 것이 일반적이다. 하지만 이러한 편협한 시각으로는 우리의 삶을 이루는 사물의 풍경을 온전하게 읽어낼 수 없다. 따라서 이 책에서 이야기하는 '기술'과 '테크놀로지'의 정의는 좀 더 범위가 넓다. 기술은 인간이 자연에 개입해 인간의 편의를 위해 만들어진 모든 산물을 일컫는다. 테크놀로지는 정보기술에 한정되지 않고, 우리를 둘러싼 모든 사물에 켜켜이 스며들어 있다. 이렇게 기술과 테크놀로지를 새롭게 정의할 때, 우리는 인류사 속에서 인류가 만들어낸 물질문명의 전모를 시야에 담을 수 있게 된다.

결국 오늘날 우리가 누리는 현대적 삶을 가능하게 해주는 것은 우리가 사용하는 물건들의 총합이다. 인간은 물건을 만들지만, 물건은 거꾸로 인간 행동의 조건을 만들어낸다. 인간과 사물의 상호작용과 그 변화를 살피는 것이 바로 기술사(技術史)라는 학문 분과의 일이다. 그동안 기술사 연구자들이 축적해온 성과에 따르면 그 상호작용의 양상은 결코 단순하게 해명될 일이 아니다. 기술 변화의 양상은 복잡해서 이해하기 어려운 경우가 많지만, 적어도 인간이 만들어낸 사물을 당연하게 주어진 것으로 받아들이지 않는 태도를 갖는 것이 중요하다. 우리를 둘러싼 테크놀로지가 인간을 어떻게 만들어나가는지를 이해하기 위해서는 그 작동 원리의 대강이라도 이해하기 위해 노력하고 그 역사적 연원을 꼼꼼하게 따져보아야 하는 것이다. 이 책은 독자들이 이러한 태도를 갖출 수 있도록 도움을 주기 위한 초보적인 시도이다.

더욱 풍성한
'기술의 이야기'를 향하여

이 책에 담긴 30여 편의 글은 특정한 사물 또는 주제의 표면을 살짝 맛본 것에 불과하다. 나 혼자서 이 모든 주제를 깊게 파고들 수는 없다. 따라서 이 책에는 신진 기술사(또는 연관 분야) 연구자들에게 이런 종류의 연구에 관심을 갖도록 독려한다는 목적도 있다. 교양 도서의 말미에 굳이 참고 문헌 목록을 넣은 의도도 여기에 있다. 이 책을 계기로 우리 주변의 사물에 관심을 갖게 된 독자가 있다면 참고 문헌을 살펴볼 것을 권한다. 책을 준비하는 과정에서 직접적인 도움을 받은 문헌들과 독자들이 해당 주제에 대해 읽어볼 만한 최신 문헌을 포함시켰다. 여러 학자들의 축적된 성과가 없었다면 이 책을 쓰는 것은 불가능했을 것이다.

더불어, 참신한 시각으로 사물에 관심을 가진 연구자들이 다양한 분야에서 생겨나 우리 모두가 경험하는 기술에 대한 이야기가 더욱 풍성해졌으면 하는 것이 기술사 연구자로서의 욕심이다. 다행히 최근 한국 근현대사, 국문학, 문화연구, 사회사 등 다양한 분야에서 비슷한 관심사를 가진 동료들이 나타나고 있고, 그들의 몇몇 성과는 이 책을 쓰며 적극적으로 참고하기도 했다. 앞으로 한국인의 근대와 현대를 구분하는 사물들과 그 변화 양상을 분석하는 다양한 연구 결과가 쏟아져 나오고, 사물에 대한 이해를 바탕으로 우리가 살아가는 세상을 보는 시각이 더욱 깊어지기를 바란다.

우리를 둘러싼 물질문명의 계보를 탐색해 따져보는 것은 결국 내가 누구인지, 내가 속한 크고 작은 공동체가 무엇인지를 묻는 일이다. 그것의 존재를 알아차리는 순간, 우리는 스스로를 더욱 명확하게 이해할 수 있게 된다.

이 책을 엮기 위해 2019년 8월부터 2020년 5월까지『서울경제』에 실린 글들을 수정했다. 한 편의 글은『과학잡지 에피』7호(2019년 4월)에 기고했던 것을 옮겨 실었다. 이 책을 위해 새로 쓴 글도 몇 편 있다. 단행본 분량의 글을 쓸 수 있도록 귀한 지면을 내어 준『서울경제』관계자 분들에게 감사드린다. 매체에 실렸던 글들이 한 권의 책으로 묶이는 과정에서는 이음 출판사의 편집자들이 큰 도움을 주었다. 뛰어난 편집자를 만나는 것이 저자에게 얼마나 중요한지를 깨닫게 해주는 경험이었다. 글을 쓰는 과정에서 여러 지인들의 응원을 받았다. 특히 나의 어머니는 항상 최초이자 최고의 독자 노릇을 자처하셨다. 이 책에 실린 상당수의 글은 어머니를 독자로 떠올리며 썼다. 마지막으로 이 책이 완성되기까지 가장 큰 공로자는 마감일마다 끙끙대는 뒷모습을 지켜봐준 아내와 딸이었다는 점을 밝혀둔다.

참고 문헌

PART 1. 당신이 그것의 존재를 알아차리는 순간

마스크 각자도생의 테크놀로지를 넘어

- 김성은·김희원·전치형, "공기풍경 2019: 한국인은 어떤 공기를 상상하고 연구하고 판매하고 있는가", 『과학잡지 에피』 8호 (2019): 16쪽.
- "신년특집 #2021 마스크를 쓰고", 『기획회의』 통권 527호 (2021).
- 스미다 토모히사, 김하정 옮김, "코와 입만 가리는 물건: 마스크의 역사와 인류학을 향해", 『한국과학사학회지』 42권 3호 (2020): 745-759쪽.

담배 담배꽁초는 인류세를 가르는 중요한 표지

- 박진영·이두갑, "한국 담배소송에서의 위험과 책임: 역학과 후기 근대적 인과", 『과학기술학연구』 15권 2호 (2015): 229-262쪽.
- 이두갑, "중독의 신경 과학과 자유 의지, 그리고 법적 책임: 한국 담배 소송에서의 금연과 중독", 『한국과학사학회지』 41권 3호 (2019): 273-312쪽.
- 안대회, 『담바고 문화사』 (문학동네, 2015).

우유 조국 근대화의 일등 공신, 식습관의 테크놀로지

- 홍수경, "일상의 과학화, 식생활의 합리화: 1910-20년대 일본 근대 영양학의 탄생", 『의사학』 27권 3호 (2018): 447-484쪽.
- 이은희, "박정희 시대 낙농진흥정책과 낙농업의 발달", 『동방학지』 183집 (2018): 235-270쪽.
- 최형섭·김성화, "한국인에게 우유는 무엇이었나", 『매일유업 Maeil Dairies, 1969-2019』 (매일유업, 2019).

라면 근대의 영양식에서 대중 소비문화로

- George Solt, *The Untold History of Ramen*
  (Berkeley: University of California Press, 2014).
- 이휘현, "1960년대 이후 식생활문화의 변동과 삼양-농심 라이벌전",
  『역사비평』 129호 (2019): 264-292쪽.
- 정원·신미영·김현중·윤빛나, "2015년 산업기술 계통사 연구:
  한국 인스턴트 라면 기술", 전북대학교, 2015년 12월.

전기밥솥 코끼리표 밥통을 대체한 국산 밥통의 역사

- 秦先玉, "打開鍋蓋說亮話: 從日本電氣釜到台灣電鍋",
  『科學發展』, 2013년 4월, pp. 18~24쪽.
- Yoshiko Nakano, *Where There Are Asians, There Are
  Rice Cookers: How "National" Went Global via Hong Kong*
  (Hong Kong: University of Hong Kong Press, 2009).
- 허두영, "대한민국을 먹여살린 주력기술의 족보: 가발·섬유에서
  CDMA·LCD까지...", 『월간조선』, 1999년 11월.

컴퓨터 정보화 시대의 대차대조표

- 조동원, "한국의 디지털 문화사: 컴퓨터의 도입과 대중화를 중심으로",
  『사회와 역사』 106권 (2015): 183-216쪽.
- 스티븐 레비, 박재호·이해영 옮김, 『해커, 광기의 랩소디:
  세상을 바꾼 컴퓨터 혁명의 영웅들』(복각판) (한빛미디어, 2019).
- 안정배, 『한국 인터넷의 역사: 되돌아보는 20세기』
  (블로터앤미디어, 2014).

PART 2. 도시는 무엇으로 구성되어 있나

에어컨 공기로 삶이 나뉘다

- Gail A. Cooper, *Air-Conditioning America:
  Engineers and the Controlled Environment, 1900-1960*
  (Baltimore: Johns Hopkins University Press, 2002).

- 스탠 콕스, 추선영 옮김, 『여름전쟁: 우리가 몰랐던 에어컨의 진실』
  (현실문화, 2013).

신녁냥 콘센트 너머 보이지 않는 노동들
- 김연희, 『한국 근대과학 형성사』 (들녘, 2016).
- 오선실, "한국 현대 전력체계의 형성과 확산, 1945-1980",
  서울대학교 박사학위 논문, 2017.
- 우석훈, 『당인리: 대정전 후 두 시간』 (해피북스투유, 2020).

수돗물 언제나 불완전한 인프라
- Yeonkyung Lee, "Water Treatment Facilities as Civil
  Engineering Heritage from Guardian of Urban Sanitation to
  Symbol of Urban Colonial Modernity, in the Case of Ttukdo
  (Seoul) Water Purification Plant," *Sustainability*, MDPI,
  Open Access Journal, 12(2) (2020).
- 로리 윙클리스, 이재경 옮김, 『도시를 움직이는 모든 것들의 과학:
  거대한 도시의 숨은 원리와 공학 기술』 (반니, 2020).
- Charles Perrow, *Normal Accidents: Living with
  High-Risk Technologies*, updated edition (Princeton:
  Princeton University Press, 1999[1984]).

아파트 절대로 실패하지 않겠다는 호모 아파트쿠스의 꿈
- 알렉스 코트로위츠, 『키작은 보헤미안』 (홍익출판사, 1994).
- 발레리 줄레조, 길혜연 옮김, 『한국의 아파트 연구』 (아연출판부, 2004).
- 김시덕, 『서울 선언: 문헌학자 김시덕의 서울 걷기, 2002~2018』
  (열린책들, 2018).

마천루 욕망의 시대가 낳은 숭고미
- 로스 킹, 이희재 옮김, 『브루넬레스키의 돔: 피렌체의 산타마리아
  대성당』 (세미콜론, 2007).
- Jason M. Barr, *Building the Skyline: The Birth and Growth of
  Manhattan's Skyscrapers* (New York: Oxford University Press, 2016).

- David E. Nye, *American Technological Sublime*
  (Cambridge, MA: MIT Press, 1996).

터널 서울 출퇴근 전쟁의 기원
- 김종립, "청계고가도로 건설을 통해 본 1960년대 후반 서울의
  도시 개발," 서울대학교 석사학위 논문, 2013.
- Wolfgang Schivelbusch, *The Railway Journey:*
  The Industrialization of Time and Space in the Nineteenth
  Century (Berkeley: University of California Press, 2014).
- 송은영, 『서울 탄생기: 1960~1970년대 문학으로 본 현대도시
  서울의 사회사』 (푸른역사, 2018).

지하철 팽창하고 확장되고 쪼개지는 시간들
- 김성원, "서울 도시철도와 수도권 교통결합체의 구성에 관한 연구,
  1962-2016", 서울대학교 박사학위 논문, 2017.
- Zachary M. Schrag, *The Great Society Subway:*
  A History of the Washington Metro (Baltimore:
  Johns Hopkins University Press, 2014).
- 橋本毅彦·栗山茂久 編著, 『遲刻の誕生: 近代日本における
  時間意識の形成』 (三元社, 2001).

PART 3. 혁명의 시간, 사회의 변곡점

'모델T'와 대량생산 시대 일하고, 일하고, 차를 사라
- Merritt Roe Smith, Harpers Ferry Armory and
  the New Technology: The Challenge of Change
  (Ithaca: Cornell University Press, 1977).
- David A. Hounshell, *From the American System to Mass*
  Production, 1800-1932: The Development of Manufacturing
  Technology in the United States (Baltimore: Johns Hopkins
  University Press, 1985).

- 최형섭, "포니 자동차", 『과학잡지 에피』 3호 (2018).

라디오가 묶어준 한국 한국인이라는 감각은 어떻게 만들어졌나
- 김희숙, "라디오 이 정치: 1960년대 박성희 성부의 '농어촌 라디오 보내기 운동'", 『한국과학사학회지』 38권 3호 (2016): 425-451쪽.
- 김해수, 김진주 엮음, 『아버지의 라디오: 국산 라디오 1호를 만든 엔지니어 이야기』 (느린걸음, 2007).
- 베네딕트 앤더슨, 서지원 옮김, 『상상된 공동체: 민족주의의 기원과 보급에 대한 고찰』 (도서출판 길, 2018).

반도체와 진공관의 평행우주 왜 어떤 테크놀로지는 밀려나지 않는가
- Michael Riordan and Lillian Hoddeson, *Crystal Fire: The Invention of the Transistor and the Birth of the Information Age* (New York: W. W. Norton, 1997).
- 월터 아이작슨, 정영목·신지영 옮김, 『이노베이터: 창의적인 삶으로 나아간 천재들의 비밀』 (오픈하우스, 2015).
- Kieran Downes, "Users, Systems, and Technology in High-End Audio," Ph.D. dissertation, Massachusetts Institute of Technology, 2009.

무선호출기가 만들어낸 사회 변동 의사들이 여전히 '삐삐'를 쓰는 이유
- Mary Bellis, "History of Pagers and Beepers," ThoughtCo, 31 January 2021.
- 한선영, "삐삐를 고수하는 이유", 『새가정』, 1999년 7월, 78-79쪽.

생필품이 된 스마트폰 누가 빅데이터를 말하는가
- 임태훈, 『검색되지 않을 자유』 (알마, 2014).
- 제레미아스 아담스-프라슬, 이영주 옮김, 『플랫폼 노동은 상품이 아니다』 (숨쉬는책공장, 2020).
- 『2020 카카오모빌리티 리포트』 (카카오모빌리티, 2020).

바둑판을 뒤집은 인공지능 인간은 끝내 기술에 패배할 것인가

- 김지연, "알파고 사례연구: 인공지능의 사회적 성격",
  『과학기술학연구』 17권 1호 (2017): 6-39쪽.
- Bill Joy, "Why the Future Doesn't Need Us," Wired, 1 April 2000.
- 전치형, "포스트휴먼은 어떻게 오는가: 알파고와 사이배슬론
  이벤트 분석", 『일본비평』 17호 (2017): 18-43쪽.

PART 4. 발전의 담론이 말하지 않은 것

원자폭탄 개발 절멸의 테크놀로지가 왜 필요한가

- 리처드 로즈, 문신행 옮김, 『원자 폭탄 만들기 1·2』 (사이언스북스, 2003).
- Michael D. Gordin, *Five Days in August: How World War II Became a Nuclear War* (Princeton: Princeton University Press, 2007).
- 허광무, 『히로시마 이야기: 조선인 징용공, 그리고 원폭』 (도서출판 선인, 2013).

성수대교 붕괴 고도성장 신화를 깨뜨린 거대한 실패

- 서울지방검찰청 편, 『성수대교 붕괴사고 원인 규명 감정단 활동백서』 (서울지방검찰청, 1995).
- 장승필·최진택·변근주·조효남, "성수대교 사고의 교훈", 『대한토목학회지』 43권 10호 (1995): 17-25쪽.
- 서울특별시, 『(한강종합개발사업)건설지』 (서울특별시, 1988).

챌린저호 폭발 위험한 것은, 위험을 수용하는 사회적 합의

- Diane Vaughan, *The Challenger Launch Decision: Risky Technology, Culture, and Deviance at NASA* (Chicago: University of Chicago Press, 1997).
- Harry Collins and Trevor Pinch, "The Naked Launch: Assigning Blame for the *Challenger* Explosion." In *The Golem at Large: What You Should Know about Technology* (Cambridge: Cambridge University Press, 1998).

- 이영준, 『우주 감각: NASA 57년의 이미지들』 (워크룸프레스, 2016).

후쿠시마 원전 사고 과학 정책은 무엇을 향해야 하는가
- 문혜쥬, "생활 속 방사능의 구성: 일께동 나스빨트 방사능 논쟁연구",
  서울대학교 석사학위 논문, 2014.
- 마쓰타니 모토카즈, 배관문 옮김, 『후쿠시마 원전 사고, 그 후』
  (제이앤씨, 2019).
- Shi Lin Loh and Sulfikar Amir, "Healing Fukushima:
  Radiation Hazards and Disaster Medicine in Post-3.11 Japan,"
  Social Studies of Science 49(3) (2019): 333-354.

세월호 침몰 전문가의 사회적 책무는 무엇인가
- 세월호 선체조사위원회, 『세월호 선체조사위원회 종합보고서』
  본권-1 침몰원인조사(내인설, 열린안) (2018).
- 박상은, "재난 인식론과 재난 조사의 정치: 세월호 참사 조사위원회를
  중심으로", 충북대학교 석사학위 논문, 2021.
- 홍성욱, "'선택적 모더니즘'(elective modernism)의 관점에서 본
  세월호 침몰 원인에 대한 논쟁", 『과학기술학연구』 20권 3호
  (2020): 99-144쪽.

PART 5. 어떻게 쓸 것인가, 어떻게 살 것인가

테크놀로지와 인간의 노동 누가 권력을 갖고, 누가 직업을 뺏길 것인가
- Neil Postman, "Five Things We Need to Know About
  Technological Change," Talk delivered in Denver, Colorado,
  28 March 1998.
- 이광석, 『디지털의 배신: 플랫폼 자본주의와 테크놀로지의 유혹』
  (인물과사상사, 2020).
- MIT Work of the Future Task Force, "The Work of the Future:
  Shaping Technology and Institutions," Fall 2019.

브레이크 없는 유전공학 생명을 편집해도 되는가

- 김홍표, 『김홍표의 크리스퍼 혁명: DNA 이중나선에서부터
  크리스퍼 유전자가위까지』 (동아시아, 2017).
- 전방욱, 『크리스퍼 베이비: 유전자 변형 인간의 탄생』 (이상북스, 2019).
- Sally Smith Hughes, *Genentech: The Beginnings of Biotech*
  (Chicago: University of Chicago Press, 2011).

태양 에너지라는 아이러니한 대안 테크놀로지로 해결할 수 없는 것

- 박진희, "한국 재생 에너지 기술 개발의 초기 역사: 태양열 이용 기술을
  중심으로", 『한국과학사학회지』 38권 1호 (2016): 121-150쪽.
- Travis Bradford, *Solar Revolution: The Economic Transformation
  of the Global Energy Industry* (Cambridge, MA: MIT Press, 2008).
- Vaclav Smil, *Energy and Civilization: A History*
  (Cambridge, MA: MIT Press, 2017).

전기자동차의 역사 새로운 테크놀로지와 대안적 교통 시스템

- Gijs Mom, *The Electric Vehicle: Technology and Expectations
  in the Automobile Age* (Baltimore: Johns Hopkins University
  Press, 2004).
- David A. Kirsch, *The Electric Vehicle and the Burden of History*
  (New Brunswick: Rutgers University Press, 2000).

백신과 건강의 시스템 건강은 개인의 문제가 아니다

- 율라 비스, 김명남 옮김, 『면역에 관하여』 (열린책들, 2016).
- 권오영, "한국의 결핵관리와 보건소: 해방 후부터 1970년대 후반까지",
  『의사학』 28권 3호 (2019): 721-754쪽.
- 김규리·박범순, "Infrastructure-building for Public Health:
  The World Health Organization and Tuberculosis Control in
  South Korea, 1945-1963", 『의사학』 28권 1호 (2019): 89-138쪽.

그것의 존재를 알아차리는 순간
일상을 만든 테크놀로지

지은이 최형섭

펴낸이 주일우
펴낸곳 이음
출판 등록 제2005-000137호 (2005년 6월 27일)
주소 서울시 마포구 월드컵북로 1길 52 운복빌딩 3층
전화 02-3141-6126 | 팩스 02-6455-4207
전자우편 editor@eumbooks.com
홈페이지 www.eumbooks.com

처음 펴낸날
2021년 3월 22일

2쇄 펴낸날
2021년 11월 12일

편집 김소원, 박우진
아트디렉션 박연주 | 디자인 권소연
일러스트 이다은
홍보 김예지 | 지원 추성욱
인쇄 삼성인쇄

ISBN 979-11-90944-15-1 03810

값 16,000원

* 이 책은 저작권법에 의해 보호되는 저작물이므로 무단 전재와 무단 복제를 금합니다.
* 이 책의 전부 또는 일부를 이용하려면 반드시 저자와 **이음**의 동의를 받아야 합니다.